Osterreise ins Miteinander

Geschichten für die Fasten- und Osterzeit

AF139242

Daniela Noitz

Impressum:
Osterreise ins Miteinander Copyright
@ 2016
Cover: Manuela Haag
www.diehaag.at
Daniela Noitz
daniela.noitz@a1.net
www.die-erzaehlerin.eu
www.die-erzaehlerin.blogspot.co.at

Herstellung und Verlag:
BoD-Books on Demand, Norderstedt
ISBN 9783739228839

3

Prolog

Der Fasching geht seinem Ende entgegen. Noch ein letzter Abend, eine Nacht der Ausgelassenheit und der Exzesse, denn weil uns nun die Fastenzeit bevorsteht, wird noch so viel wie möglich gegessen und vor allem getrunken– oft sogar mehr. Der Sylvester, der traditionelle Was-ich-doch-nicht-alles-besser-machen-will-Tag, ist schon lange vorbei. Deshalb kommen heute die nächsten guten Vorsätze. 40 Tage sind auch leichter durchzuhalten als 365. Die einen wollen auf Alkohol verzichten, andere auf Fleisch, wieder andere auf Süßigkeiten – und ziehen dabei eine Sauermiene auf, als würden sie gerade ihre letzte Bluse und das letzte Stück Brot hergeben, und müssten von nun an frieren und hungern. Eine einigermaßen zynische Veranstaltung angesichts der Tatsache, dass der größte Teil der Menschheit nach wie vor am Rande des Existenzminimums lebt. Natürlich könnte man sagen, diese Menschen brauchen sich um die Fastenzeit nicht zu bekümmern, denn sie tun ja sowieso nichts anderes, aber wir, die wir in Überfluss und eingehüllt in andauernde Unterhaltung leben, wir müssen uns schon sehr anstrengen um in der Fastenzeit was zu leisten, um uns selbst zu kasteien. Das was für andere selbstverständlich ist, müssen wir uns hart erarbeiten. Und sehnsüchtig wandert der Blick auf die Tafel Schokolade, die nun endgültig im Regal eingesperrt wird. So schwer kann das Leben sein. Damit ist der Sinn der Fastenzeit wohl vollinhaltlich begriffen worden. Oder?

Die vierzigtägige Fastenzeit vor Ostern war in früherer Zeit strengen Reglementierungen unterworfen. So war es nicht nur geboten kein Fleisch zu essen, sondern auch keine Eier und keine Milch. Darüber hinaus gab es die Vorschrift der einmaligen Sättigung. Das bedeutet, einmal am Tag satt essen und das, was man sich spart den Armen zu schenken. Diese gehörten übrigens zu den Gruppen, die von den Fastengeboten ausgenommen waren, neben schwerarbeitenden Menschen, werdenden und stillenden Müttern, Kranken und Kindern. Mittlerweile leben wir – und das ist einzigartig in der Geschichte – unter Bedingungen, die es uns ermöglichen diesem Fasten eine ganz neue Bedeutung zu geben – zumindest in der sog. „Ersten Welt".

Einerseits kann die Fastenzeit uns frei machen, denn wer nicht ständig braucht, nicht immer auf das Haben fokussiert ist, wird offen für das Sein. Die Gedanken sind nicht mehr ausschließlich auf die Materialität und das Einverleiben derselben gerichtet, sondern können über die generelle

Leiblichkeit, Fleischlichkeit hinaus zu einer Freiheit auf die Bestimmung des Mensch-seins hin zielen, sich enthalten, indem wir uns nicht auf das fixieren, worauf wir verzichten, und uns eben entsprechend leid tun, sondern indem wir uns dem zuwenden, was wir gewinnen, den Blick zu richten auf das was wir sein könnten, jenseits der Fixierung auf unsere Abhängigkeiten.

Aber es ist auch die Zeit, die zu Ostern hinführt, dem Hochfest der Auferstehung, der ein grausamer Tod vorangeht. Nicht das Sterben an sich ist das Beklemmende, sondern das Sterben dessen, der als Wort Gottes Fleisch angenommen hat um den Menschen nahe zu sein, das Sterben dessen, der sich Sohn Gottes nennt und sich für uns bis aufs Äußerste entäußert, sich hinabbegibt in die tiefste aller Tiefen und die fernste aller Fernen, in die umfassendste Verlassenheit und die totale Einsamkeit. Nicht nur einfache Verlassenheit, Einsamkeit, sondern die totale Selbstentäußerung, bis in das alles vernichtende, sich selbst nicht schonende, Nichts hinein, eine Entäußerung, die über alle Vorstellungskraft, alles Elend und alle Not, die denkbar sind, selbst von einem oftmals so kranken Hirn wie das des Menschen, reicht. Eine Unvorstellbarkeit des Schmerzes und der

Entsagung, die eigentlich EndZeit bedeutet, die jedoch durch die Auferstehung in eine FastEndZeit aufgelöst wird. So führt die Absolutheit in eine Erlösung, zwar innerweltlich, aber doch mit neuen Möglichkeiten gesegnet. 40 Tage FastEndZeit.

FastenZeit

1. Die Unwägbarkeiten des Lebens

Der Schwall geschah vierzig Tage, vierzig Nächte auf die Erde.[1]

Vielleicht begann es einfach damit, dass dichte Wolken aufzogen, dass es mitten am Tag finster und düster wurde. Nacht mitten am Tag. Bedrohlich näherte sich der Himmel der Erde. Nicht um mit ihr zu verschmelzen, sondern um sie zu bedrohen. Dort, wo die Wolken auf den Gipfel stießen, auf einen der hohen, ganz hohen, dort riss die Hülle entzwei, und der Groll des Donners zerfetzte die Luft. Beispiellos. Die Menschen verkrochen sich in ihren Häusern. Man darf nicht vereinen, was zu Recht getrennt wurde. Man darf nicht trennen was zu Recht vereint wurde. Und doch machen wir es täglich, vereinen die Schuld mit der Unschuld, das Unberührte mit dem Berührten, das Nahe mit dem Fernen, und wir trennen das Miteinander und das Verstehen, lösen es auf in ein nebulöses Irgendwie. Beliebigkeit und Beiläufigkeit. Es betrifft uns nicht mehr als getrennt. Es betrifft uns immer weniger. Es ist einfach zu viel, was Betroffenheit auslösen sollte. Wir schaffen es

---

[1] Gen. 7,12. Aus: Die Schrift, verdeutscht von Martin Buber gemeinsam mit Franz Rosenzweig. Gerlingen: Schneider, 1997.

10

nicht mehr. Die Flut vom Himmel stürzt auf uns herein.

Jeden Tag trifft uns die Flut an Meldungen und Informationen. Ein, zwei lesen wir oder hören wir uns an. Ein paar werden noch als Überschriften, Schlagwörter wahrgenommen, doch dann ist unsere Aufmerksamkeitsgrenze erreicht, die Aufnahmefähigkeit erschöpft. Wasser, das vom Himmel kommt. Nach den Wolken der Regen. Wasser, das die Erde berührt und in sie eindringt, sich zwischen Steinen und Felsen, zwischen Erdkrumen und Sandkristallen seinen Weg bahnt. Erstarrend am Pol zu Eis. Verdunstend in der Wüste zu Dampf. Irgendwo muss es hin. Und dann ist die Erde übersättigt. Jede Pore ist ausgefüllt. Der Pol ist gänzlich vereist und die Luft über der Wüste kann keinen Dampf mehr aufnehmen. Der Regen kommt vom Himmel. Unaufhaltsam. Die Informationen kommen von allen Seiten. Sie bedrängen uns, machen uns wehrlos, dringen in uns ein, gefrieren zu Eis oder verdampfen, bis wir ganz und gar gesättigt sind. Doch der Regen flutet weiter. Vom ersten Tag bis zum 40. Von der ersten Nacht bis zur 40. Dann kehrt Ruhe ein. Die Wolken waren ausgeregnet. Es war ein Ende absehbar. Es war greifbar.

Der erste Tag Regen. Die Erde nahm ihn auf. Vielleicht noch gierig, durstig.

Der zweite Tag Regen. Die Erde verschloss sich dem Wasser, und es mehrten sich die schlammigen Pfützen. Tiere tranken. Und sie waren nicht mehr durstig. Sie suchten sich einen Ort der Zuflucht, dort, wo es trocken war, während es unablässig weiterregnete. Der dritte Tag Regen verwandelte die Pfützen in Lacken, Tümpeln in Seen und Seen in Meeren.

Der vierte Tag Regen. Die Flüsse traten über die Ufer und drangen immer weiter vor in das Land, das bewohnt wurde.

Der fünfte Tag Regen. Die Tiere und die Menschen wichen zurück vor dem Wasser. Sie stiegen auf Hügel.

Der sechste Tag Regen. Das Wasser hatte vorgegebenes Terrain schon längst verlassen und stieg immer höher. Die auf den Hügeln merkten, dass sie nicht hoch genug waren um in Sicherheit zu sein. Sie stiegen wieder hinunter von den Hügeln.

Der siebte Tag Regen. Und das Wasser stieg immer höher und höher. Es war gut gewesen auf einen Berg zu steigen. Die von den Hügeln kamen versuchten die Berge zu erreichen. Nicht immer gelang es. Es ertrank, wem es nicht gelang. Gott ruhte am siebten Tage, hieß es, nur der Regen tat es nicht. Der Regen war nicht Gott.

Er kennt keine Zeit. Er regnet. Das ist alles, was er zu tun hat.

Der achte Tag Regen. Immer höher hinauf stiegen die Menschen. Die Tiere waren ihnen vorangegangen. immer kleiner wurde der Bereich, der nicht mit Wasser bedeckt war. Kälte breitete sich aus und Hunger und Verzagtheit.

Der neunte Tag Regen. Weh denen, die in flachen Gebieten wohnten. Sie wurden Futter für die Fische und anderes Meeresgetier.

Der zehnte Tag Regen. Und die Fische freuten sich. Für viele gab es kein Entrinnen mehr. Sie jedoch waren in Sicherheit.

Einfach so war es geschehen, einfach so ging es weiter, und der Mensch erkannte, es gab Dinge, die er weder beherrschen noch zähmen konnte. Achselzuckend sagten manche, das wären eben die Unwägbarkeiten des Lebens. Das waren die Zyniker. Sie sind nicht alle ertrunken.

2. Reine Gegenwärtigkeit

Und der Regen blieb, 40 Tage und Nächte. So war zu lesen. Es ist doch beruhigend zu erfahren, dass einige gerettet wurden, Menschen und Tiere. Ob die Erde den Menschen wirklich vermisst hätte? Das Leben selbst sorgt sich nicht um die Zeit. Es ist und entwickelt sich. Vielleicht, wenn alle Landlebewesen vergangen wären, dann hätte nochmals alles von vorne begonnen. Einfach so. Vielleicht wäre der Mensch irgendwo nochmals aufgetaucht. Aber hätte er wirklich jemandem gefehlt?

Wenn eine Spezies ausstirbt, irgendwo auf der Erde, dann wird das den Lauf der Welt nicht ändern. Wenn der Mensch ausstirbt, dann wird es wohl auch den Weltenlauf nicht verändern, aber die Erde könnte endlich durchatmen. Es gibt niemanden mehr, der sie plündert, der sie vergiftet und ausnutzt. Wenn nur der Mensch nicht mehr auf der Erde wäre, dann würden die Tiere eines Tages erwachen und sich fragen, wo bleibt er, der Mensch. In erster Linie die Haustiere. Vergeblich warten sie auf ihr Futter. Dann die Tiere im Stall. Niemand, der den Kühen die Milch wegnimmt. Sie schreien vor Schmerzen, denn ihr Körper ist auf die Milchgabe programmiert worden. Sollte es denn sein, dass sie nur mehr Milch gibt, wenn sie ein

Kalb hat? Niemand, der den Hühnern die Eier wegnimmt. Sollte es denn wirklich sein, dass sie nur noch Eier legt, damit Küken daraus schlüpfen und die Art erhalten bleibt? Als letztes würden es die Wildtiere merken, wenn der Jäger nicht mehr kommt und sie mit seiner Waffe niederstreckt, wenn sie nicht gefangen genommen werden, gejagt und missbraucht.

Und sie würden sich den neuen Gegebenheiten anpassen, weiterleben wie es Tiere eben tun, ohne Gedanken an Gestern oder an Morgen, reine Gegenwärtigkeit. Selbst wo Tiere töten, tun sie es um selbst satt zu werden. Sie denken weder an Vorratshaltung, noch daran sich zu bereichern, sie leben und achten auf ihr eigenes Überleben. Wenn der Mensch so wäre wie die Tiere, dann könnte niemand ausgebeutet werden. Es wäre kein Gedanke an ein Mehr als Notwendig. Was bleibt, jenseits des ewigen Mehr, ist das bloße Leben. Nichts weiter. Nichts weniger. Es bleibt bestehen als gelebt, bis es der Tod umarmt, und an seine Stelle tritt ein neues Leben. Es wird immer so sein. Bis zum Untergang. Und selbst wenn diese Erde untergeht, selbst, wenn diese Sonne verglüht, gibt es andere an ihrer Stelle. Es ändert nichts im Weltenlauf, wenn es den Menschen nicht mehr gibt, nur in der Welt selbst. Es ändert nichts im Universumslauf, wenn es diese Erde nicht mehr gibt.

40 Tage Regen ertränken das Leben, zerstören alles, was der Mensch mühsam aufgebaut und angehäuft hat, doch letztlich ist es so gleichgültig wie es nur die Gleichgültigkeit selbst sein kann. Das Große und Ganze hat keinen Einfluss auf unser Denken, denn es ist nicht mehr überschaubar. Es ist zu viel um wirklich verstanden zu werden. Wenn ich aber in meinem Bett erwache, am 10 Regentag, dann ist es anders. Längst wurde das Bett durch das Fenster aus dem Zimmer gespült, und ich erwache, so dass ich Dich suche. Ich finde Dich auf dem Gipfel eines Hügels.

Komm zu mir, in mein Bett, das jetzt unser Boot ist und unsere Zuflucht. Jetzt wirst Du Dich nicht mehr darüber lustig machen, dass ich mir einbildete einen Baldachin über mein Bett spannen zu lassen, denn jetzt ist dieser unser Dach über dem Boot, wenn es immerfort weiterregnet und wir immerfort weitergetragen werden. Es geht nicht ums Große und Ganze, das ich nicht fassen kann, sondern nur um Dich, und es ist gut, dass Du bei mir bist, dass wir uns gefunden haben. Der Regen ist leichter zu ertragen. Der allgemeine Tod spielt keine Rolle, nur der Deine. Noch einmal haben wir es geschafft, haben uns gerettet, auf unser kleines Boot mit dem Dach. Wir haben nichts weiter mehr als uns und unser Boot, uns und unser Leben. Was braucht es mehr? Nur alleine sein, das schmerzt. Ohne Dich. Dein Tod, der berührt mich, aber noch sind wir da, und es kann alles gut werden, trotz des Regens. Niemand weiß es, denn die Wolken lösen sich nicht auf wie sonst immer. Sie bleiben. Und der Regen hält an.

3. Der Stachel im Fleisch

40 – Zeit der Reife, Zeit der Prüfung, Zeit der Erziehung.

40 Tage Regen. Dann hört der Regen auf. Die Wolken sind verschwunden. Kein Tropfen fällt mehr. Die Erde ist bedeckt bis zu den höchsten Gipfeln. Es gibt keine Zuflucht vor der Unausweichlichkeit. Es gibt kein Entrinnen der gleichgültigen Naturgewalt. Das Leben geht seinen Weg. Es ist ihm gleich, ob über oder unter Wasser. Es lässt sich nicht aufhalten, noch vertreiben. Selbst wenn wir es schafften alles Grün, überall wo Erde ist, mit Beton zu betäuben, es fände sich ein Samen. Und es ist dieser eine Same, der ausreicht sich den Weg durch den Beton zu bahnen. Das Leben ist und findet immer wieder zu sich selbst. Es kann nicht anders. Die Präsenz wird immer neu gestaltet, und doch bleibt sie sich gleich, selbst oder gerade im Schatten des Todes, wird es seiner selbst getreu bleibend immer neu, als es selbst, und doch in allen Differenzierungen. Das Leben ist.

Vierzig Tage war die Flut über der Erde.[2]

Über alle Schwellen hinaus war das Wasser
gestiegen. Nichts mehr war, als Wasser und
unser Bett als Boot und der Baldachin als Dach.
Die Erde schien nichts weiter zu sein als Wasser,
und das Leben hielt sich darin verborgen, als
würde es ruhen. Doch in Wahrheit hatte es sich
nur abgesenkt in die Tiefen der Ozeane, die nun
zu einem einzigen großen Wasser, einem
Urozean vereint waren. Als wäre die Uhr
zurückgedreht worden auf Ursprung, als es nur
Wasser war, und das Land sich erst hervortun
konnte, wenn das Wasser sich zurückzog, Es
würde geschehen. Es wird geschehen. Weil der
Lauf der Dinge so ist. Und die Sonne, die sich
Bahn brach durch die Wolken, trocknete unser
Boot und unser Dach und unsere Kleider, bis nur
mehr der Salzgeschmack zurückblieb, der des
Salzes, das im Meer war, das nun vollständig die
Erde bedeckte, als wäre es ein einziges großes
Ganzes. Die Vollkommenheit ohne Bruchlinien.
Das Salz, das Leben erst ermöglichte, das wir
brauchen, und das Salz, das im Übermaß das
Leben zerstört. Einzelnes zumindest. Niemals
das Ganze. Immer findet das Leben seinen
Rückzugsort, und sei es unter Wasser, in den

---

[2] Gen. 7. 17 Aus: Die Schrift, verdeutscht von Martin Buber
gemeinsam mit Franz Rosenzweig. Gerlingen:
Schneider, 1997.

19

Abgründen des einen einzigen Ozeans, bis hinab in jene Regionen, da das Leben selbst ohne Licht ist. Überall ist sein Platz. Nichts so unwirtlich und tödlich, dass sich das Leben nicht einfinden würde.

Und die Sonne, die sich Bahn gebrochen hatte durch die Wolken, die nun ausgeleert und leer waren, trocknete unsere Kleider und ließ unsere Haut vertrocknen. Die Sonne, die das Leben wärmt und wachsen lässt. Eben jene Sonne lässt auch verdorren und sterben. Es rührt sie nicht, denn niemals kann sie alles verdorren lassen, wenn es auch unsere Haut war. Wir stellten uns der Unausweichlichkeit, unterzogen uns der Prüfung, um zu reifen, um erzogen zu werden. Vielleicht zu einem neuen Mensch-sein, jenseits der Zerstörung und der Verwünschung und der Flut.

Vielleicht ist es ja möglich, dass der Mensch reift an einer Prüfung, auch wenn er sie nicht unbedingt versteht. Allzu leichtfertig schiebt er die Schuld von sich, aber wer Schuld von sich weist, der kann nicht wachsen, weil er meint nichts falsch gemacht zu haben, und so wird das Leben, doch der Mensch nicht, entwickelt sich das Leben, aber der Mensch nicht, kann das Leben sich differenzieren, nur der Mensch nicht. Aber dem Leben ist es einerlei. Und wenn der

Mensch ganz versinkt in den Untiefen des Ozeans, so spielt es weiters keine Rolle, außer, dass die Erde ein Antlitz erhält, das lebenswert ist und bleibt, unbeeinflusst von der Hand dessen, der um nichts weiter als seiner eigenen Bestätigung willen mordet und zerstört. Er wird nicht fehlen, der Mensch, inmitten des Lebens, das ungerührt wird, und doch, er geht durch die Flut hindurch und bleibt. Vielleicht ist er der Stachel im Fleisch der Erde, der an die Unvollkommenheit gemahnt.

4. Zeit des Rabens – Zeit der Taube

An Ende von vierzig Tagen geschahs: Noah öffnete das Fenster des Kastens, das er gemacht hatte, und schickte den Raben frei, der zog in Zug und Kehre, bis das Wasser von der Erde getrocknet war. Er schickte die Taube von sich aus frei, zu sehen, ob das Wasser von dem Antlitz des Ackers verringert sei. Die Taube fand keine Ruhstatt für ihre Fußsohle, sie kehrt zu ihm in den Kasten, denn Wasser war auf dem Antlitz der Erde, er schickte seine Hand aus und nahm sie und ließ sie zu sich in den Kasten kommen. Er wartete nochmals ein andres Tagsiebend und schickte wieder die Taube aus dem Kasten. Zur Abendzeit kam die Taube zu ihm, und, da, ein gepflücktes Ölblatt in ihrem Schnabel![3]

Zeit des Rabens – Zeit der Taube.
Zeit zu bleiben – Zeit zu gehen.

Wenn die Zeit der Prüfung vorbei ist und Du gereift bist, dann kannst Du Dich bewähren. Wenn Du der Rabe bist und keinen Platz findest, an dem Du sesshaft werden könntest, dann musst Du zurückkehren und bleiben. Du bist noch nicht so weit. Kehrst Du zurück, kannst Du

---

[3] Gen. 7,6-11. Aus: Die Schrift, verdeutscht von Martin Buber gemeinsam mit Franz Rosenzweig. Gerlingen: Schneider, 1997.

noch wachsen, doch wenn Du nicht zurückkehrst, dann kannst Du Deine Kreise ziehen bis Dich die Kraft verlässt und Du untergehst, abstürzt und versinkst, in den Wellen der Bedeutungslosigkeit.

Kehre um und lass Dich schützen, so lange es notwendig ist, so lange Du des Schutzes bedarfst. Noch bist Du klein und Deine Kraft reicht nicht für die Ewigkeit. So hat alles seine Zeit. Wenn Du aber die Taube bist und einen Ölzweig findest, dann weißt Du, nur noch eine kleine Weile, und Du kannst ausziehen Deinen Platz zu suchen. Denn dann wirst Du ihn auch finden.

Zeit des Säens – Zeit zu Wachsen.
Die Frucht wird eingebracht, in die Erde.

Sie wird verschüttet und ruht im Schoss der Mutter, die uns allen das Leben schenkt, verborgen vor der Zerstörung und den Kräften, die das Leben hintertreiben. Im Schoss der Mutter – immerwährendes Asyl, oder zumindest so lange bis es Dich treibt hervorzubrechen und die sichere Behaustheit zu verlassen, bis Du bereit bist herauszutreten, weil Deine Wurzeln Dich halten, Dich fest verankern, denn der Ursprung, den Du verlässt, der verbleibt mit Dir. Die Behaustheit der ersten Tage, so Du sie erfahren durftest, wird Dich begleiten und bestärken.

Zeit der Reife – Zeit der Ernte.
Wenn es Zeit ist, dann bist Du gereift.

Das Leben hat Dich erhoben zu Dir selbst, Du selbst bist es gewesen, und doch nie Du allein. Du reifst am Du, am Augenblick des Ineinander, des Miteinander. Zeit der Ernte, Zeit die Frucht einzubringen, in die Erde zurückkehrend, um im Schutz des Schosses neue Kraft zu tanken. Der Kreislauf vollendet sich – säen, wachsen, reifen, ernten. Es ist der Kreis, der uns einnimmt und beruhigt, Sicherheit vermittelnd und bewährend.

Und wenn unser Boot, das unser Bett ist, mit dem Baldachin, der unser Dach ist, am Berg Ararat strandet, dann gilt es, nur noch eine kleine Weile und wir können das Lager verlassen. Der Raum wird vom Wasser freigegeben und er wird sich uns eröffnen, uns aufnehmen. Ohne die Zuflucht zu verlieren, doch immer ist die Freiheit auch Gefahr, immer ist die Freiheit die Möglichkeit, die kommt, immer wieder und wenn wir bereit sind, sind wir dem Leben selbst gewachsen. Schutz und Bedrohung. Die beiden Seiten begleiten uns immer.

Zeit des Rabens – Zeit der Taube.

Es wird sich bewähren, wenn Du die Zeit gewähren lässt und sie nicht drängst, nicht überforderst. Sie lässt sich weder drängen noch zwingen, denn sie nimmt sich die Dauer, die sie braucht, ohne sich einem Druck zu unterwerfen. Sicher lässt sich manches beschleunigen, aber es wird niemals zum Segen gereichen. Der Rabe wird verschlungen und die Taube den Ölzweig nicht finden. Aber wenn sie es erwartet, ist der Platz bereitet, um sich auszuruhen, zu bleiben, anzukommen, auszugehen und zurückzukehren.

5. Beim Namen genannt

Mosche kam mitten in die Wolke, er stieg auf zum Berg. Mosche blieb auf dem Berg vierzig Tage und vierzig Nächte.[4]

Beim Namen wurde ich genannt. Der Zweifel zerrann mir wie Sand zwischen den Fingern. Es ist nicht möglich verwechselt zu werden. Du nennst mich beim Namen und ich stehe vor Dir, nackt und bloß wie am Tag meiner Geburt, wie am Tag des jüngsten Gerichts.

Namensnennung – Neuwerdung und Urteil, in jedem einmaligen Mal.

Und es klingt ganz anders, als alle Namen. Ich finde mich darin. Du brauchst nicht zu präzisieren. Es ist die Präzision selbst. Ich brauche nicht nachzufragen. Bin denn wirklich ich es, die Du meinst und nicht vielleicht eine andere? Es ist nicht notwendig. Alle Unsicherheit, alle Verwechslungsmöglichkeit wird getilgt mit der Nennung des Namens. Als ich selbst bin ich berufen in die Urbedingung des Seins. Und diese Bedingung ist dem Ruf zu antworten. In der Personalisierung der

---

[4] Ex. 24,18. Aus: Die Schrift, verdeutscht von Martin Buber gemeinsam mit Franz Rosenzweig. Gerlingen: Schneider, 1997.

Ansprache, werde ich unmissverständlich aufgefordert mich selbst einzubringen. Die Ansprache fordert das Gegenüber, das sich in seinem Selbstsein frei äußert, berufen zu antworten. Keine Gleichgültigkeit, keine Verstocktheit kann die Ansprache im Namen verbergen und verändern. In der Ansprache geschieht Entbergung. Meiner selbst. Deiner selbst. Die Ansprache erfordert eine bewusste Zuwendung zu dem, der den Namen trägt. Nicht wahllos wurde er ausgewählt, sondern bewusst, aus all den anderen. Du hast ihn Dir gemerkt und er bleibt in Dir. Und der Name wird gesprochen. Ich vernehme Deine Ansprache, während ich vielleicht noch beschäftigt bin. Ich habe nicht damit gerechnet. Vielleicht habe ich sie erwartet. Ich bin vorbereitet. Aber ob ich nun damit gerechnet habe oder nicht, ob ich nun vorbereitet bin oder nicht, die Ansprache selbst trifft mich immer wie ein Blitz. Nichts mehr ist wie vor dieser Ansprache. Ich lasse fallen, was ich Händen hielt. Ich lasse fallen, was ich in Gedanken hielt. Ich lasse fallen, was ich in meinem Herzen hielt. Ich wende mich von dem ab, was meine Hände hielt, was meine Gedanken hielt. Ich wende mich von dem ab, was meine Gedanken hielt. Ich bin frei, um meine Hände dem zuzuwenden, der mich ansprach. Ich bin frei, um meine Gedanken dem zuzuwenden, der mich ansprach. Ich bin frei, um mein Herz dem zuzuwenden, der mich ansprach. Ich bin frei für Deine Ansprache, mit Hand, Gedanke und Herz, mit Tat, Denken und Fühlen. Ich bin frei. Zu Dir hin bin ich frei.

Doch ich bin gefordert der Ansprache zu entsprechen. Meine Ansprache soll Dein Name sein, der Deiner Ansprache folgt. Ich nenne Deinen Namen. Aber ich kann es auch ablehnen, kann die Ansprache annehmen als geschehen und mich abwenden. Dennoch verbleibt die Ansprache mit meinem Namen in mir. Ich kann sie nicht leugnen, denn sie ist an mich ergangen und sie hat mich erreicht. Die Zukunft hätte darin liegen können, weil Du mir den Weg zu Dir öffnest. Die Vergangenheit hätte darin liegen können, weil Du mich in meinem Geworden-sein ansprichst. Die Gegenwart hätte darin liegen können, weil ich Deine Ansprache zuwendend beantworten hätte können. Doch wenn ich sie beantworte im Sinne der Ansprache, dann kann ich bestehen in Deinem Wort, in Deiner Tat, in Deinen Gedanken und in Deiner Zuneigung. Zugeneigt, mit offenem Ohr und offenem Herzen vernimmst Du meine Entscheidung zu antworten indem ich den Namen aufnehme und Deinen Namen nenne oder indem ich den Namen fallenlasse und Deinen Namen verrate. Denn Dein Name ist der, der da ist, für mich, in der Ansprache, in der Zuneigung, in der

Wegweisung. Ich nehme es an, lasse fallen was war und sein wird, lasse fallen was ich tat und dachte und fühlte und mache mich frei zu sehen, zu hören und zu tun. Ich bin frei, wenn Du mich beim Namen nennst. Ich höre auf und sehe auf zu Dir. Ich nenne Deinen Namen.

6. Den Weg zu gehen

Du nanntest mich beim Namen und ich wurde. Wer niemals beim Namen genannt wurde, wer niemals als er selbst erkannt wurde, kann nicht werden. Er verbleibt in der Ungenanntheit, unspezifiziert und undifferenziert. Mit der Nennung des Namens werde ich selbst, grenze mich ab zu den anderen, um mich auf sie zubewegen zu können, um auch sie beim Namen nennen zu können. Personifizierung in der Nennung, im Erkennen. Das leichthin gesagte: „Erzähl mir von Dir", erhält hier erst seine eigentlich Bedeutung. Herausgerufen aus dem Allgemeinen in die Besonderheit. So ist das Herausgerufen-sein auch immer Auftrag das Erfahrene weiterzugeben, weiterzuleben, hinauszutragen. Es ist Auftrag zur Weitergabe, aber auch Auftrag zur Aufmerksamkeit, zur Achtsamkeit.

„Sprich und ich höre", so lautet die Antwort, die der Ansprache entspricht.
„Sprich und ich sehe Dich", so lautet die zweite Antwort, die der Ansprache entspricht.
„Sprich zu mir und ich spreche zu Dir", so lautet die dritte Antwort, die der Ansprache entspricht.
„Sprich und ich lasse Dich ein", so lautet die vierte Antwort, die der Ansprache entspricht.

„Sprich und ich gehe den Weg", so lautet die fünfte Antwort, die der Ansprache entspricht.

ER sprach zu Mosche: Steig den Berg empor zu mir und sei dort,[5]

Mosche war der Name, den ER sprach. Mit Namen hat ER ihn genannt, und ER war der

ICH
bin dein Gott,
der ich Dich führte
aus dem Land Ägypten, aus dem Haus der Dienstbarkeit.[6]

Der Ansprechende war und ist und wird sein, der Befreiende, aus der Dienstbarkeit, der Knechtschaft aus Ägypten, der Befreiende aber auch aus der Namenlosigkeit in die Namhaftigkeit. SEIN Zuspruch ist Tat und Wort und Sein. Mit dem Namen erkenne ich mich selbst, weil Du mich zuerst erkanntest. Nicht ich kann mir den Namen zusprechen, sondern nur Du. Du kannst es mir verweigern, so dass ich mir selbst entnannt werde. Du kannst es mir zuerkennen, so dass ich mir selbst benannt

---

[5] Ex. 24,12. Aus: Die Schrift, verdeutscht von Martin Buber gemeinsam mit Franz Rosenzweig. Gerlingen: Schneider, 1997.
[6] Ex. 20,2. Ebd.

werde. Der Weg in die Freiheit meiner selbst führt immer über Dich. Aber auch Du kannst Dich nicht selbst befreien. Ich nenne Dich antwortend und verantwortend. Bei der Hand nimmst Du mich und führst mich. Und weil der Mensch so verstockt ist, wird die innere Befreiung immer erst glaubwürdig in der äußeren Befreiung. Nicht um seiner selbst Willen hat ER die Befreiungstat getan SEIN Volk aus Ägypten zu führen, sondern um des Volkes willen, dass sonst nichts begriffen hätte von der eigentlichen Bedeutung der Nennung. Und ER fordert Mosche, den ER auserwählte in der Nennung, auf dem Berg zu steigen, hoch empor, in die Wolken zu IHM, um dort zu sein.

Du hast mich beim Namen genannt, damit ich hören kann. Du hast mich beim Namen genannt, damit ich hören kann und verstehen. Du hast mich beim Namen genannt, damit ich hören kann und verstehen und den Weg gehen, den Du mir weist. Und der Weg ist ein Zueinander. Ganz gleich wie weit oder eng der Weg ist, wie lang oder kurz, er führt mich zu Dir, und Du forderst nichts weiter von mir als zu sein. In der Nennung geschieht die Enthüllung zum Selbst-Sein, und nun gehe ich den Weg es zu leben, in der Gemeinschaft mit dem Nennenden, in der Gemeinschaft mit dem, dem ich antworte, in der Gemeinschaft mit dem, dessen Ruf ich erhöre. So mache ich mich auf zu Dir. Und das Sein, das mir eröffnet wird, ist die Wurzel all dessen, was nun zu erstehen, zu wachsen und zu blühen beginnt.

Es war der Regen, 40 Tage und Nächte lang, der das Bett, das unser Boot ward hinaustrug. Es war die Flut, 40 Tage und Nächte lang, die das Boot wiegte und schaukelte, bis es wieder Grund fasste. Es war der Name, der mich herausrief, den Du nanntest, der Dich herausrief, den ich nannte. Und wir verließen das, was unser Boot war, dem Ruf zu folgen, den Weg zu gehen, den Namen anzunehmen.

7. Die Gebote

Die Nennung gebar das Individuum, das ich je bin. Und der Ruf meinte mich, erreichte mich und forderte mich. Und der Weg erstreckte sich vor mir, ihn zu gehen in das Miteinander, im Miteinander und aus dem Miteinander. Denn Aneinander werden wir. In der Unwiderruflichkeit der ersten Nennung, die auffordert, immer aufs Neue.

Und oben am Berg, inmitten der Wolken, des Feuers, ward Mosche angekommen um zu sein. Und es war der Ort, an dem er die Gebote empfing, sie weiterzutragen an all die, die sonst verloren wären in der Gefangenschaft der eigenen Ziellosigkeit. Es ist kein Angebot, sondern klar und deutlich ein Gebot. Dass Du weißt, dass ich Dich nicht verlasse, noch Dich wieder in die Beliebigkeit stürze. Dass Du weißt, dass ich Dir nahe bin. Dass Du weißt, dass ich Dir bin. So setzen die Gebote die Möglichkeit zur Freiheit im Sein. Jedem, der mit Namen genannt wurde. Sie nicht anzutasten, weder durch das Beschneiden Deines Gutes noch Deiner selbst, weder durch das Beschneiden Deiner Zuversicht durch die Lüge noch durch falsches Zeugnis, weder durch das Alleinlassen in Alter und Gebrechen noch durch den Einbruch in ein Miteinander, das webt zwischen den Genannten.

Gebote, die die Freiheit fordern und fördern, die die Achtung ermöglichen. Gebote für das Leben. Ich für mich allein brauche kein Gebot. Doch ich für mich allein kann nicht sein. Nur als genannt kann ich sein. Du für Dich allein brauchst kein Gebot. Doch Du für Dich allein kannst nicht sein Nur als genannt kannst Du sein.. Das Gebot schützt Dich als Genannten. Es schützt mich als Genannten. Es schützt vor der Beschränkung des Beliebigen. Das Gebot setzt frei das Leben als wertvoll und unantastbar zu leben. Jeder der einen Namen trägt.

So ward uns aufgetragen Namen zu vergeben, an all jene, die sich selbst keine geben konnten. Wir verließen das Boot und überquerten die Erde von einem Ende bis zum anderen. Und was uns an Leben begegnete, ganz gleich ob Pflanze oder Tier, dem schenkten wir den Namen, der es aufrief zu sich selbst, und der es unantastbar machte, denn auch für diese galten die Gebote, die in Freiheit setzen. Nicht zu beschneiden an Leben und Lebensraum. Das ist die immanente Botschaft der Gebote.

Doch kaum, dass sie gesprochen waren, zeigte der Mensch sein wahres Gesicht und statt die Nennung zu achten, wiederrief er sie, nicht in seinen Worten, sondern in seinen Taten. Er vergaß die Gebote der Freiheit, die für alle galten und begrenzte sie auf seinesgleichen. Und so brachte er Tot über die Ausgeschlossenen und Tot über deren Lebensraum. Und noch weiter ging die Einschränkung, über die Geltung nur für seinesgleichen hinweg, zu der Geltung nur für die, die es ihm wert schienen. Die Ausrottung geschieht, wenn sich die Bedachtsamkeit der Nennung in eine Beherrschung aus der Aberkennung der Nennung wandelt. Aus dem Genannten werden zweckdienliche Mittel, enteignet an Selbstsein und Identität. So schnell ward es vergessen, die eigentliche Aufforderung und die Eignung zum Leben. Ausnahmen wurden gemacht. Großmütig denen Schutz gewährt, die keines Schutzes bedurft hätten, wäre die Nennung nicht verloren gegangen.

Und der Mensch sagte, dass die Gebote ihn einschränken, dass er nicht tun dürfe was er wolle. Und wenn er gegen die Gebote aufbegehrte, so tat er es, weil er auf die Nennung vergaß, die ihn ins Sein rief und ihn verstehen ließ, dass die Gebote Freiheit für alle bewahrten. Und er setzte sich über sich selbst hinweg, indem er bestimmte, nicht nur erkannte, was Gut und Böse war, was getan werden durfte und was nicht. So entfernte er sich immer weiter von seiner eigentlichen Nennung. Es spielte keine Rolle mehr. Und so brachte er Tod und

Verderben, Zerstörung und Sucht. Und die Verlorenen blieben verloren. So dass es nicht Wunder nimmt, dass die Flut kam. Doch es nimmt Wunder, dass sie wieder ging. FastEndZeit ward, denn das Sterben nahm kein Ende mehr. Und die Ausbeutung nahm kein Ende mehr.

Ich nahm Dich an der Hand. Vielleicht waren wir die Letzten, die sich der Nennung und des Anrufes noch bewusst waren. Vielleicht jedoch gab es noch andere, irgendwo. So machten wir uns auf sie zu suchen.

8. Auf der Suche

40 Tage Regen
40 Tage Flut
40 Tage des Seins

40 Tage im Angesicht sein. Nichts weiter. Sich zu erhalten in der Nennung, um dann den Raum zu erhalten es zu leben. In die Freiheit – und die Freiheit bekam ihren Schutz. Freiheit als Deine und meine. Freiheit, die begleitet. Und die Suche führte uns unter diesem Schutz herab vom Berg, in die Mitte des Lebens. Atmen, essen, schlafen, nichts weiter. Unangetastet doch berührt. Nennung als Berührung, an der Hand genommen, das Herz bewegt. Und der Bewegung des Herzens folgt die Bewegung des Körpers. Vollzug als Einheit. Bleibend als ich selbst, innerlich und äußerlich. Im Gleichklang bestehend, weil es so ist wie es ist, weil keine Abspaltungsversuche unternommen werden. Körper und Geist, Herz und Seele, nicht gegeneinander abzuwägen. Das eine höher zu werten als das andere. Gar nicht zu werten, sondern bestehen lassen, als all das, das zur Einheit führt und zur Gesundung.

Wenn der Körper krankt, kann der Geist nicht unberührt bleiben. Wenn das Herz krankt bleibt die Seele nicht unberührt. Aber auch wenn der

Geist krankt, ist der Körper nicht er selbst. Es wirkt sich aus. Die Trennung vollzog sich. Den Körper und all seine Vorgänge abzuwerten, nur den Geist gelten zu lassen, den Körper als bloße Hülle für den Geist zu sehen, als Transportmittel, das nichts weiter muss, als zu funktionieren. Das Funktionieren nehmen wir hin. Auf das Nicht-Funktionieren reagieren wir mit Reparationsversuchen. Vielleicht genügte es zu achten und zu schonen. Aber die Trennung ward, und es war die Trennung, die uns krank machte. Glaubenssätze, dass der eine Teile mehr wert sei als der andere, machten uns krank, machen uns krank. Es ist die Sackgasse, in die es uns führte, und in der wir jetzt stehen. Der Körper ist krank, weil wir ihm Genesung nicht mehr zubilligen. Es dauert zu lange. Weil wir ihm Genesung nicht mehr zutrauen. Es dauert zu lange. Viel zu einfach irgendwelche Mittelchen einzunehmen. So wie das Auto repariert wird, so verfahren wir auch mit unserem Körper. Doch wir vertrauen unserem Körper noch nicht einmal einem gelernten Mechaniker an, sondern einem Scharlatan. Pulver und Zäpfchen und Salben – das ist es was heilen soll, und doch macht es nichts weiter, als zuzudecken, und unter diesen Verkrustungen, da sind die Beschädigungen nicht mehr zu sehen, doch sie sind da, und breiten sich immer weiter aus. Unter der Verkrustung wächst die Verwundung, immer tiefer geht sie, bis es nichts mehr zu retten gibt und der Körper sich verabschiedet.

Doch wir machen uns auf die Suche nach dem Ort, an dem die Freiheit auch die Zusage zur Ganzheitlichkeit bedeutet, wo ich dem Körper die selbe Zeit zu genesen zugestehe, wie ich sie dem Geist gebe. Wir sind auf der Suche nach dem Leben, das nicht trennt, nicht bewertet, nicht glorifiziert und degradiert, sondern das als es selbst ist, in dem ich mich meiner nicht schämen muss. Auch nicht als gebrochen, geschunden und verwundet. Es ist der Ort der Heilung und der Ganzwerdung.

Wir begeben uns auf die Suche, und doch ist er einfach hier, hier bei uns, uns meinend und einladend inmitten dessen, was sich Normalität nennt die Ganzheit zu bewahren. Das Verstehen und das Verständnis sind nicht unbedingt zu erwarten, aber das Hinsehen und das Staunen. Es gibt keinen Grund es nicht zu probieren. Wir haben nichts mehr zu verlieren, seit wir unsere Ganzheit verloren haben. Wir können nur noch gewinnen, wenn wir uns einander zuwenden und uns in unserem Selbstsein annehmen, mit Körper und Geist, mit Herz und Seele.

So liegt in der Suche bereits das Finden und im Finden die Bejahung. Einzigartigkeit und Einheit wiederzuentdecken, ist die Aufgabe und das Ziel dieser Suche. Und wenn ich ankomme, so ist es bei Dir. Das Ende der Suche ist das Du.

9. Wie die Kinder

*Eure Söhne werden vierzig Jahre in der Wüste
weiden müssen, sie tragen eure Hurerei, bis eure
Leichen in der Wüste sind.*[7]

Menschen sind wie kleine Kinder. Immer sind
sie wie kleine Kinder. Sie kommen über das
Stadium des Kind-seins nicht hinaus. Äußerlich
werden sie zu Erwachsenen, groß und behaart
und verändert, doch innerlich bleiben sie
Kinder. Auch wenn sie nicht behandelt werden
wie Kinder, so benehmen sie sich so. Sie wollen
haben, was der andere hat. Gierig und sabbernd
visieren sie das an, was sie haben wollen, weil es
der andere hat, auch wenn sie es nicht brauchen.
Sie wollen nur nicht weniger haben – und
meinen dann auch nicht weniger zu sein. Dabei
hat das Sein mit dem Haben nur insofern etwas
gemein, als dass das Sein die Grundkonstituente
des Seienden bildet, das sich den Nichtigkeiten
zu- und dem Existentiellen abwendet. Wir
bleiben kleine Kinder, wenn wir nach dem
Richter schreien, wie früher nach der Mama. Wir
meinen uns ständig ins Unrecht gesetzt. Es kann
nicht angehen, dass wir Ungerechtigkeiten zu
erdulden haben. Es sind die Nichtigkeiten, die

---

[7] Num. 14,33. Aus: Die Schrift, verdeutscht von Martin
Buber gemeinsam mit Franz Rosenzweig. Gerlingen:
Schneider, 1997.

uns verführen. Glitzer und bunte Farben. So stehen wir mit großen, glänzenden Augen davor, wie Kinder vor dem Spielzeug. Die Art der Dinge ändert sich, aber nicht, dass die Dinge an sich unser Herz beherrschen. Und selbst wenn das Urteil 40 Jahre Verdammung in der Wüste bedeutet, so wird sie abgesessen, um dann ebenso wieder zu verfahren wie zuvor. Wie ein Gefangener, der nur auf den Tag seiner Entlassung wartet, um an diesem Tag genau dasselbe Verbrechen zu begehen, weil die Einsicht nicht erfolgte und keine Entwicklung. Das Kind, das der Mensch blieb, verlangt nach sofortiger Erfüllung seiner Wünsche, verlangt die Bestrafung der vermeintlichen Feinde, verlangt den Himmel und die Erde – verlangt alles. Wes es nicht bekommt, eignet es sich an. Ungeniert und ohne Bedenken. Nichts was hält, außer die eigene Unzulänglichkeit. Und darüber geraten wir in Wut und schlagen an die Wände und auf den Boden, rennen mit dem Kopf gegen die Wand. In der Uneinsichtigkeit erkennen wir die Sinnlosigkeit nicht. Bloß eine Betäubung. Doch vor allem sehen wir unsere eigene Hybris nicht, denn wir wollen immer größer sein, als wir sind, ohne der Größe gewachsen zu sein, wollen uns aufschwingen in Höhen, in denen wir nicht mehr atmen können. Und wir wissen noch nicht einmal warum wir es wollen. Dass wir es wollen scheint zu genügen. Dass wir wollen rechtfertigt das Wollen. Es wird nicht hinterfragt. Und was wir nicht sofort erhalten, wer unseren Wünschen nicht sofort entspricht, ja wer uns gar Mühe und Plage auferlegt, von dem wenden wir uns ab, so sehr wir seiner auch bedürfen, wenden uns ab und marktschreierischen Versprechungen der Blender und Heuchler zu. Sie brauchen sich nicht zu erweisen, damit wir ihnen glauben. Wir glauben ihnen einfach so, weil sie versprechen, und weil wir meinen, dass jeder, der verspricht auch hält, und wenden uns von dem ab, der uns das Geheimnis anvertraute, dass zu dem Erlangen ein Weg führt, ein harter, steiniger Weg oft, den wir zuerst gehen müssen. Aber wir wollen nicht erst gehen und dann erreichen, sondern sofort erreichen. Und wenn einer kommt, der uns das verspricht, dann wenden wir uns diesem zu. Und wenn wir erkennen, dass er uns hinters Licht geführt hat, dass er seine Versprechungen nicht einlöst, dann wenden wir uns wieder ab, und dem nächsten zu, der dieselben Versprechungen macht. Und wieder glauben wir, nur von dem, der die Wahrheit sagt, wollen wir nichts wissen. Und jedes Mal irren wir durch die Wüste, ohne dazu zu lernen.

40 Tage
40 Monate
40 Jahre

Und wir bleiben wie die Kinder, unbelehrbar
nur, weil wir meinen als Erwachsene nichts
mehr lernen zu müssen, uns nicht mehr
entwickeln zu müssen.

10. Verloren

Nach der Zahl der Tage, die ihr das Land durchspürtet, vierzig Tage: ein Tag für das Jahr, ein Tag für das Jahr, sollt ihr eure Verfehlungen tragen.[8]

Ein Tag für das Jahr. 40 Tage.
Ein Tag für das Jahr. 40 Jahre.

Zeit der Reife – Zeit der Prüfung – Zeit der Erziehung

Wir wollen nicht reifen – und denken derweil an die Fleischtöpfe Ägyptens zurück. Es lebt sich doch so wunderbar in der Gefangenschaft, wenn man genug zu Essen hat und ein Dach über dem Kopf und eigentlich auch den Schutz der weltlichen Macht. Natürlich, wir können uns nicht so bewegen, wie wir wollen. Aber was solls, wenn es warm und gemütlich ist und der Bauch voll. Dann strömt das Blut vom Kopf in den Bauch. Der Körper braucht es um zu verdauen. Wir werden matt und träge. Aber was solls, wir brauchen uns auch um nichts zu sorgen. Und die Freiheit, das ist doch sowieso nur was für Tagträumer. Sicher, wir haben

---

[8] Num. 14,34. Aus: Die Schrift, verdeutscht von Martin Buber gemeinsam mit Franz Rosenzweig. Gerlingen: Schneider, 1997.

unseren Sold zu zahlen, unser Joch zu tragen, aber das wiegt immer noch weit weniger als die Ungewissheit, wenn wir uns hinauswagen in die Fremde, von der uns von Anfang an gesagt wird, es wird nicht leicht sein. Hier haben wir es auch nicht leicht, aber zumindest müssen wir nicht hungern und nicht frieren und nicht darben. Wir brauchen nicht zu reifen, weil wir schon reif genug sind das zu erkennen, was zählt.

Zeit der Reife – Zeit der Prüfung – Zeit der Erziehung

Wir brauchen auch keine Prüfungen. Sicherlich, es heißt, man wächst an Prüfungen, aber wer bestimmt denn, dass es notwendig ist zu wachsen. Als wir aus dem Mutterleib krochen, da mussten wir wachsen, um am Leben teilhaben zu können, um nicht immer abhängig zu sein, zumindest körperlich. Jetzt haben wir unseren Körper an die Bequemlichkeit verkauft, und unser Herz und unsere Seele. Es ist nicht gut, aber dort draußen, dort wo uns die Freiheit erwartet, dort kann es noch schlechter sein. Vielleicht wird es wirklich besser, so wie uns versprochen wurde, aber wer weiß schon, ob das stimmt. Das Schlechte, das ich habe, ist allemal besser, als das Gute, das nicht sicher ist. Wir sind groß genug und haben beschlossen in dieser Sicherheit zu verbleiben. Wer beutet uns aus? Letztlich ist es doch nicht so schlimm. Es sichert das Überleben. Und mehr kann man doch nicht vom Leben verlangen. Das Überleben. Leben? Lebendiges Leben über das bloße Überleben, am Leben erhalten hinaus? Vielleicht gibt es das, aber es ist nicht notwendig, nicht unbedingt. Wir brauchen nicht zu wachsen, wir sind groß genug.

Zeit der Reife – Zeit der Prüfung – Zeit der Erziehung

Wir brauchen nicht erzogen zu werden, denn wir sind längst erzogen. Von klein auf wurde an uns herumerzogen. Wir haben genug davon. Wir sind groß und erzogen und völlig in Ordnung wie wir sind. Wer sagt denn, dass der Mensch nach Höherem streben muss? Was soll das überhaupt sein, dieses Höhere? Ist es etwas, das mir weiterhilft? Ist es etwas, das mir wohltut? Wahrscheinlich nicht. Es führt nur zur Unzufriedenheit. Wir sind zufrieden, weil wir nicht mehr wollen. Es ist das, was wir kennen, und mehr wollen wir nicht kennenlernen. Es ist alles so kompliziert – jetzt ist es einfach. Das Einfache ist immer das Bessere. Lasst uns in Ruhe mit der Erziehung. Wir wissen genug. Wir haben genug. Wir sind genug. Wir schließen die Türe.

11. Annahme

Wir hatten das Boot verlassen. Wir durchstreiften die Welt auf der Suche. Und wir machten Halt in Ägypten. An den Fleischtöpfen Ägyptens. Es war nicht üppig. Es war kein Festmahl. Aber es machte satt. Jeden machte es satt. Tagsüber galt es Frondienst zu leisten und abends waren wir von den Strapazen des Tages so geschwächt, dass wir keine Kraft hatten uns auch nur zu mucksen. Aber die, die uns schunden, waren eben jene, die uns zu essen gaben. Man beißt nicht in die Hand, die einen füttert. Sich im Rausch verlieren. Dann vergisst man auch die Freiheit, an die man sich noch erinnert, man vergisst die Träume, die man hatte, man vergisst die Möglichkeiten, die einem beschieden wären und man vergisst das Mensch-sein, das erblühen hätte können.

Aber wir ließen uns nicht müde machen und nicht satt und nicht benebeln. Wir blickten auf zu den Sternen und in die Weite. Wir wollten uns nicht mehr vorschreiben lassen wohin wir unseren Fuß setzen dürften und wohin uns unsere Gedanken tragen könnten. Wir wollten unser Geschenk, das Geschenk des Mensch-seins leben, in allen Facetten, mit allen Gefahren und mit allen Möglichkeiten. Und wenn wir am Feuer saßen des Abends, dann wiesen wir hinauf zu den Sternen und hinaus in die Weite. Wir malten die Möglichkeiten aus und wollten begeistern, dass das Joch immer schwerer würde, bis es unerträglich wäre und der Drang zu entfliehen beherrschend. Doch der Blick war bereits getrübt von der Gefangenschaft, so dass sie die Sterne nicht mehr sahen und nicht die Weite. Die jedoch, die sich uns anschlossen, die hatten verstanden. Und die Botschaft verbreitete sich unter den Menschen. Wir waren nicht mehr nur alleine. Wir waren nicht mehr nur für uns.

Von Anfang begannen wir zu erzählen. Und das Wissen holten wir zurück, das in uns allen wohnte, aber das verschüttet worden war. Zu lange wurde es ignoriert und missachtet. Wir erzählten von der Nennung des Namens, die jeden von uns in die Einmaligkeit ruft und uns zu Angenommenen macht, angenommen vom Leben selbst, das es gut mit uns meint und immer vorwärtsbringt.

Annahme, reinste, bedingungslose Annahme. Jeder von uns erfährt sie, wenn er sie erfahren will. Jeder von uns erhält sie, wenn er sie erhalten will. Annahme bewirkt die Einantwortung. Ich lege meine Hand in die Deine. Ich überantworte mich Dir in meiner Antwort. Und die Annahme führt mich hinaus in die Freiheit und zu den Sternen und in die Weite.

Und wir wagten den Weg zu gehen, weg aus der Sicherheit, denn selbst die Verdammung enthielt noch eine Verheißung. Und diese Verheißung war uns nur zugänglich, nachdem wir gereift waren, nachdem wir geprüft worden waren, nachdem wir erzogen wurden. Alles beginnt mit der ersten Nennung es Namens. Ein Geschenk, das uns immer begleitet, hinaus in die Weite, hinein in uns selbst, hinaus in die äußere Freiheit, hinein in die innere Freiheit. Es ist das Versprechen, das sich in sich selbst erfüllt. Es ist die Verheißung, die sich in sich selbst bewährt. Fleisch gewordene Verbindlichkeit. Die Unsicherheit liegt nicht in der Verheißung, sondern in unserer Umsetzung. Werden wir durchhalten, oder werden wir aufgeben? Werden wir den Weg bis zu Ende konsequent gehen oder werden wir vorher aufgeben? Sind wir so weit zu verstehen, dass die Anstrengung uns selbst zu gute kommt? Sind wir so weit zu verstehen, dass auch die Herausforderung ein Geschenk ist und nicht nur das Erreichen?

Wir brechen auf, in der Gewissheit angenommen zu sein, machen uns auf den Weg zu den Sternen und zu der Weite, die uns alles verspricht, und uns nur abverlangt, dass wir dieses Geschenk erreichen. Wir sind es und wir sind auf dem Weg. Wir haben es und wir sind noch dabei es aufzubauen. Und das Wort der Annahme legt sich wie ein schützender, wärmender Mantel um uns, spendet uns Kraft und Stärke, so dass wir hinter uns lassen, was nicht wert ist mitgenommen zu werden. Als Angenommene sind wir frei.

12. Antwort

Ein Tag für das Jahr. 40 Tage.
Ein Tag für das Jahr. 40 Jahre.

Wir haben die Wahl. Immer haben wir die Wahl. Auch wenn wir sie allzu gerne abschieben, und dies auf äußere Gründe zurückführen. Doch den Kerker, den wir spüren, den erbauen wir uns selbst. Wir sind nach außen hin bekümmert darüber, aber innerlich atmen wir auf, denn wir sind froh, dass wir ihn haben. Er schützt uns vor der Freiheit, die es notwendig macht Entscheidungen zu treffen. Wie viel leichter ist es doch das Joch zu nehmen, den Kerker zu ertragen, wenn die Entscheidung jemand anderer trifft. Doch wenn der Ruf an uns er geht, unser Name, je unser eigener, genannt wird, wenn wir diesen Ruf hören und annehmen, dann müssen wir das Joch abwerfen und den Kerker zerbrechen. Wir können nicht länger gleichgültig bleiben und gefühllos. Das Ansprechen entzündet unser Wollen. In unserer Antwort findet sich die rechte Reaktion. Und wir antworten nicht nur mit unserem Wort, sondern auch mit unserer Tat. Wir antworten, aus der erkannten Verantwortung für uns selbst, und nehmen uns in der Annahme durch Dich selbst an. Wir stehen auf und gehen den Weg, der der unsere ist, und verharren nicht länger in unterwürfiger Erstarrung. Wir lassen uns nicht länger führen wie Schafe auf die Weide. Wir lassen uns nicht länger zusammentreiben mit dem Hund und dem Stock des Treibers. Wir lassen uns überzeugen. Und Schaf und Hund, Hirte und Behirteter reihen sich ein, miteinander zu wählen, und die Wahl ist nicht ausgemacht, sondern liegt in der Eigenmächtigkeit. Wir trauen es uns zu, zu erkennen, zu entscheiden und durchzuführen. Wir trauen uns die Kraft zu. Auch die vierzig Jahre, ohne zu verzagen, denn endlich sind wir aufgewacht aus der Lethargie. Jahrzehnte, Jahrhunderte der Lethargie. Was sind da vierzig Jahre? Und Du bist an meiner Seite. Es spielt keine Rolle.

Es ist die Zeit, die wir brauchen, zu reifen, uns zu prüfen und uns zu erziehen. Es ist die Zeit, die notwendig ist um den Weg zu gehen. Wir haben keine Angst mehr, auch wenn es keine Sicherheit mehr gibt. Wir haben keine Angst mehr, auch wenn es keine Versprechen mehr gibt, die uns den Himmel auf Erden vorgaukeln, sondern die Zusage zu Sein, zu Wachsen, zu Werden und das Leben in seiner Fülle zu leben, hier auf Erden, jenseits des Paradieses, aber doch lebendig. Und so lange das Leben in uns lebt soll es sich gestalten können und wachsen können, soll es sich entfalten können und bunt sein.

Verschwunden soll das Grau aus unseren Kleidern und unseren Gedanken sein. Verschwunden sollen die Kleinlichkeit und die Unterwürfigkeit aus unseren Taten sein. Stattdessen soll Zuversicht herrschen, die auf dem festen Grund der Annahme gründet. So dass wir es lernen, vollinhaltlich ja zu sagen und uns, in Eigenverantwortung, überantworten an den Ansprechenden, und den Ansprechenden in seiner Überantwortung an uns Eigenverantwortung zugestehen. Im ständigen Austausch. Annahme und Antwort und Antwort und Annahme. Wächst uns das Wesen immer aufs Neue zu, das wir waren, sind und sein werden, das unsere Möglichkeit, unsere Gegebenheit und unsere Hinwendung, unsere Vergangenheit, unsere Gegenwart und unsere Zukunft. Vierzig Jahre, und doch scheint es wie ein Moment, wenn wir sie nutzen zu wachsen, uns selbst zu entfalten, und den Weg zu gehen, hinaus in die Weite und hinauf zu den Sternen.

Lange war es her, dass wir das Bett verließen, das unser Boot war, und noch länger, dass wir den Schoss unserer Mutter verließen, der uns Zuflucht war, und wir standen immer wieder an der Grenze, FastEndZeit, und jedes Mal war es die Stimme der Annahme, die uns rief und rettete, letztendlich immer vor uns selbst.

13. Wenn Du vergisst ...

Wenn Du vergisst, den Anruf, der Dich nannte bei Deinem Namen und Dich herausrief aus der Gleichförmigkeit zu Dir selbst, den Ruf, und die Antwortung als Verantwortung, dann wirst Du es Dir selbst zuschreiben, und denken, ich habe es vollbracht.

Wenn Du vergisst, dass allem Tun und Lassen, allem Bestehen und Erbauen, allem Schaffen und Werden der Ruf voranging, der Dir Schutz und Halt und Fortkommen war, dann wirst Du denken, dass Du alleine stark genug bist, dass das alles durch Dich wurde.

Wenn Du vergisst, dass Du wardst am Du, das sich Dir hinbeugte, Dir Schutz und Wahrung ward und ist, dass Du Dich aus dem Einerlei in ein Gemeinsam verwandeltest durch den Namen, dann wirst Du auch darauf vergessen, dass Du allein versunken wärst in der Flut der vierzig Tage, dass Du allein versunken bliebst in der Undefinierbarkeit des Wassers und der Undifferenziertheit. Denn nicht Dich zu begrenzen, sondern Dich zu befreien ward das Gebot.

All das Gebot, das ich heuttags dir gebiete,
wahrets im Tun, damit ihr lebt, euch mehrt,

kommt und ererbet das Land, das ER *euren Väter zuschwor.*[9]

Das Gebot, das Dir das Leben schenkte, Dich aufforderte zu tun, das Land zu bearbeiten, es zu versorgen, dass Dir Frucht daraus erwachse, dass Du mit dem Land lebtest, und nicht dagegen, dass Du im Miteinander lebtest, und nicht im Gegeneinander, das nur das Vergessen bewirkt. Hybris der Selbstwerdung, der Selbstmächtigkeit. Du wendest Dich um, gerade noch warst Du voll Dankbarkeit, und schon fiel sie von Dir ab und ward gedankenlos erstickt, und Du machtest Dein eigenes Tun dafür verantwortlich.

Meine Kraft, die Markigkeit meiner Hand hat mir dieses Vermögen gemacht![10]

So denkst Du, Du könntest Deinen Händen und Deinem Geist alles zutrauen, Deinem allein, und Du wendest Dich ab vom Du und konzentrierst Dich auf Dich selbst. Es geht Dir gut. Du wirst satt und träge und müde und eingezogen wie eine Einsiedlerschnecke. Erkennst den Bruder nicht und nicht die Schwester, die Mutter, den

---

[9] Dt. 8,1. Aus: Die Schrift, verdeutscht von Martin Buber gemeinsam mit Franz Rosenzweig. Gerlingen: Schneider, 1997.
[10] Dt. 8, 17b. Ebd.

Vater, noch irgendjemanden, der um Dich ist.
Manchmal jammerst Du über
Verdauungsprobleme. Doch wie sollte es anders
sein, wenn Du alles in Dich hineinfressen willst,
alles um Dich horten, und nichts mehr von Dir
hergeben willst, weder das Stück Brot, um das
Dich der bittet, der hungert, noch den
Schlafplatz für den, der in der Kälte steht, noch
das Hab und Gut, das den Armen helfen könnte,
ja noch nicht einmal den Unrat willst Du aus
Deinem Körper lassen, der ihn nach und nach
vergiftet. Und so wie Dein Körper vergiftet ist
von der Völle, die Du im zumutest, so ist es auch
Deine Seele und Dein Herz, doch diese
verdorren, weil Du ihnen die Nahrung des Seins
verweigerst.

Wenn Du dessen vergisst, der Dich herausrief
mit Deinem Namen, wirst Du wirr in Deinen
Sinnen und Deinem Tun, wirst raffgierig und
hartherzig und verschlossen. Und der Zugang,
den Du anderen verweigerst, wird Dein eigenes
Gefängnis sein. Lässt Dich blenden von der Fülle
und dem Glanz, der doch nur Aufputz ist, hinter
dem nichts steckt, weder Inhalt noch Geist. Du
lässt Dich blenden von den Äußerlichkeiten und
meinst, es ist genug dies zu sehen. Mehr ist nicht
notwendig. So verehrst Du die goldene Statue,
auch wenn sie bis obenhin gefüllt ist mit Unrat
und Gülle. Du verbleibst im Äußerlichen.

Wenn Du vergisst, dass Dich der, der Dich beim Namen rief, ins Leben rief, dann vergisst Du zu leben.

Wenn Du vergisst, dass Dich der, der Dich beim Namen rief, ins Sein rief, dann vergisst Du zu sein.

Wenn Du vergisst, dann bist Du vergessen.

14. Zeit der Prüfung

Gedenke all des Wegs, den Er dein Gott in der Wüste Dich gehen machte diese vierzig Jahre, damit er dich zu erproben, zu erkennen, was in Deinem Herzen ist, ob Du seine Gebote wahren wirst, ob nicht.[11]

So ward die Flut überstanden und die Gefangenschaft, so ward der Gang durch die Wüste. Alles wurde uns abverlangt. Der Durst quälte uns und der Hunger. Die Hitze des Tages und die Kälte der Nacht. Doch vor allem war es die Heimatlosigkeit. Wir zogen durch die Wüste, vierzig Jahre lang, und da war kein fester Ort unseren Kopf zu betten. Immer wieder schliefen wir an einem anderen Ort ein. Das Leben ging weiter. Wir richteten uns ein, so wie sich der Mensch immer einrichtet. Kinder wurden geboren und alte Leute starben, so wie es immer ist, so wie der Lauf der Dinge ist. Die Alten erzählten den Jungen die Geschichte, von Anfang bis zum Ende, immer wieder. Doch sie erzählten auch von der Verheißung, die uns gegeben wurde, wenn die Zeit der Prüfung vorbei sein würde, der Verheißung eines Landes, in dem wir

---

[11] Dt. 8,2. Aus: Die Schrift, verdeutscht von Martin Buber gemeinsam mit Franz Rosenzweig. Gerlingen: Schneider, 1997.

Heimat finden würden, einen Platz unser Haupt zu betten, an dem wir uns abends schlafen legen und morgens erwachen würden, bleibend. Wir hatten nichts weiter zu tun als die Gebote zu halten, die die Freiheit bedeuten. Freiheit des Einzelnen und Freiheit der Gemeinschaft. Wir wurden begleitet, durch den, der uns herausrief aus der Namenlosigkeit. Niemals ließt Du uns alleine. Niemals ließt Du uns in der Verwüstung zurück. Es wurde Tag und es wurde Nacht. Du warst da. Du, der Du Dich zu erkennen gabst, als der, der da ist, liebend, haltend und umfassend. Doch wir waren und sind wie die Kinder, die immer aufs Neue der Bestätigung bedürfen. Wenn wir uns die Hand vor die Augen legen und Dich nicht sehen, dann meinen wir, Du bist verschwunden, und übersehen, dass wir uns selbst blind machten für Dich, für das Wort. „Bist Du da?", schreien wir in die selbstgemachte Finsternis, doch niemand kann uns Licht bringen, das wir uns selbst versagen. „Bist Du da?", rufen wir in unserer Ängstlichkeit und Kleingläubigkeit, doch wir stecken uns die Finger in die Ohren und können Dich nicht hören, in dieser Welt, die wir uns selbst zum Verstummen brachten. Es ist schwer jemand zu erreichen, wenn er nicht erreicht werden will und wir waren verstockt und eigenwillig wie die Kinder. Immer wieder verlangten wir Beweise, jeden Tag aufs Neue, jede Stunde des Tages aufs

Neue. Dabei warst Du und bist Du und wirst uns sein. Wir schaffen es nicht, unseren Tag zu leben, das Tagwerk zu verrichten, ohne Ausschau zu halten und nach Belobigung und Anerkennung zu suchen, weil die Liebe, die uns hält, allgegenwärtig und omnipräsent ist, doch wir spüren sie gerade deshalb nicht mehr. Wir wurden gleichgültig und fühllos. Es war nicht mehr unseres. Wir verlangten mehr, immer mehr. Es war die Zeit der Prüfung. Wir wurden geprüft. Doch wir meinten, wir dürften Dich prüfen und martern. Jeden Tag aufs Neue, jede Stunde des Tages aufs Neue. Aber es ist doch so lange, diese Zeit, diese vierzig Jahre. Ein Menschenleben lang. Wir wussten nicht, wie wir das aushalten sollten, ohne zu versagen, weil wir unseren Kräften nicht vertrauten, weil wir unseren Mut schwinden ließen, weil es immer etwas gab, was uns ablenkte, verführte und beschwerte. Jeden Tag aufs Neue hoben wir an ob der unerträglich langen Zeit zu jammern und zu zetern. Wir konnten nicht einfach bleiben, konnten nicht einfach so leben wie es eben war. Der Jammer und das Zetern versperrte unser Herz und unsere Gedanken. So dass wir blieben, ungereift und unbegriffen. Weil wir es uns nicht zugestanden, weil wir es nicht zuließen, und lieber in der Welt der Not und des Jammers versanken, die doch eine des Lichts und der Liebe hätte sein können.

15. Der Kreislauf des Lebens

Und die Welt ist dieselbe, in der Wüste und außerhalb der Wüste. In vielen verschiedenen Schattierungen zeigt sie sich uns, immer aufs Neue, doch gleich welchen Teil der Welt wir betrachten, ganz gleich, wo wir uns befinden, überall folgt das Wachsen dem Keimen, die Reifung dem Wachstum und das Vergehen der Reifung. Es ist bei der Pflanze so. Und beim Tier. Und beim Menschen. Immer wieder beginnt im Einzelwesen dieser Kreislauf von vorne und endet in diesem Wesen. Und immer wieder wird Kreis auf Kreis auf Kreis. Wir haben es beobachtet, vom Aufgang der Sonne bis zum Untergang. Vom Aufgang des Frühlings bis zur friedvollen Ruhe im Winter. Anders ist es in der Wüste und in der Steppe, aber immer ist es ein Kreis, den wir durchwandern. Und diese Kreisläufe greifen ineinander, so dass wir nicht nur unserem eigenen keimen, wachsen, reifen und vergehen beiwohnen, sondern das Vergehen sehen an anderen und das Keimen ebenso. Immer sind wir umgeben von je eigenen Kreisläufen, die vielleicht gerade eben erst begonnen haben oder kurz davor sind zu enden, die in einem anderen Takt laufen, als unser eigener.

So lernen wir Abschied zu nehmen und Willkommen zu heißen, lernen zu beschützen und zu pflegen, zu begleiten und zu führen. Wir lernen das Leben in all seinen Facetten und Möglichkeiten, als je es selbst. Denn die ganze Fülle und Einmaligkeit steckt in der kleinsten, unscheinbarsten Blüte genauso, wie im großen, alles überragenden, überschattenden Baum. Das Prinzip bleibt das gleiche, doch immer aufs Neue lässt es uns staunen, wenn wir bereit sind unsere Augen zu öffnen und zu sehen.

Dein Aufruf in die Namhaftigkeit, rief mich auch auf zu beschützen und zu bewahren, zu achten und zu ehren, in allem, das Leben, das sich selbst immer wieder neu präsentiert und formiert. Zu lernen, dass es uns nur so weit dienstbar sein darf, so weit wir diese Dienste wirklich benötigen. Es ist das wahre Ziel der Reifung diese Grenze zu kennen. Bis wohin muss ich das Leben nutzen meine grundlegenden Bedürfnisse zum Leben und Überleben zu befriedigen, und ab wann beginne ich es zu zerstören, meine Lust an der Destruktivität und an der Macht auszuleben. Wenn ich auf einen Grashalm steige, so wird er sich wieder aufrichten, doch das Rückgrat, das ich breche, wird nicht mehr heil.

In Freiheit zu leben ist immer zugleich Berechtigung und Auftrag. Berechtigung meine

Freiheit zu leben und Auftrag die Freiheit der anderen zu erhalten. Das ist der Grund der Gebote. Ohne Freiheit keine Gebote, und ohne Gebote keine Freiheit. Eigentlich ist es von jeher in uns festgeschrieben. Nur sie auf die Steintafeln zu meißeln ist ein Zugeständnis an unsere Verstocktheit, die uns die Hand vor den Augen übersehen lässt. Manche sind schon so weit das Gebot in ihrem Herzen zu tragen und ihre Hand die Ausführung bewerkstelligen zu lassen. Doch viele von uns sind es noch nicht. Wer nicht genug Kraft in den Beinen hat, braucht einen Stock, auf den er sich stützt. Wer nicht die Gebote in seinem Herzen trägt, der muss sie niedergeschrieben bekommen, dass das Geschriebene ihn an das zutiefst Menschliche erinnert.

Der Mensch sieht nicht und er hört nicht. Er muss sehend und hörend gemacht werden. Der Mensch kann sehen und hören. Doch er muss es wollen, zu sehen und zu hören. Und so wie er sich auf das Leben einlässt, so lässt er sich auf den ein, der ihn herausrief, und so lässt er sich auf die ein, die er herausrief. Die Namenlosigkeit zu überwinden, ist der erste Schritt in die Freiheit, die dann zurecht meine heißt, so wie ich über meinen Namen verfüge und entscheide, ob ich ihn Dir offenbare und mich darin Dir zu erkennen gebe. Es gibt nichts, was ich nicht

verheimlichen könnte. Es gibt aber auch nichts
was ins Leben führte, wenn ich ihn
verheimliche.

Die erste Hybris ist die Verheimlichung, das
bewusste Hintanhalten meiner Selbst, das
Verstecken vor Dir, wo ich Dich doch verlange.
So hat der Mensch begonnen sich dem anderen
zu entzweien, dem, der mich rief und dem, den
ich rief. Zu entzweien, obwohl wir uns nach
nichts mehr sehnten und immer noch sehnen,
als nach dem Du, dem ich nahe sein kann, wenn
die Freiheit lebt, wenn das Wort lebendig bleibt
und das Eigen-sein Anerkennung findet. Dem ich
nahe sein kann und der mir nahe sein kann,
wenn ich liebend bleibe, wenn Du liebend
bleibst. Und der Kreislauf des Lebens ist die
fleischgewordene Liebe und das Wort, das
Leben schafft.

16. Abwendung

Die fleischgewordene Liebe und das Wort, das Leben schafft, wurde nicht müde, nicht zu sein und nicht zu bleiben, unter uns, verbindend und wertschätzend, wurde nicht müde Dich herauszurufen aus dem Elend der Nichtigkeit in eine Personalität. Wie lange muss ich noch aushalten ich zu sein? Wie lange muss ich noch aushalten in dieser Welt, in dem ich nur das Elend sehe?

Kurzsichtig ist der Mensch. Nicht in der Lage des Moments zu sein, zu wahren, zu bleiben. Immer läuft er davon, zumeist vor sich selbst. Vierzig Jahre, und doch sind auch vierzig Jahre nichts weiter als die Aneinanderreihung von Tag auf Tag auf Tag, bis auch diese Jahre um sind, doch er sieht nur die weite Entfernung, und gibt auf. Wäre es besser gewesen nichts zu wissen? Wäre es besser gewesen die Wahrheit zu verheimlichen?

Die Ungewissheit ist ebenso rätselhaft wie die Weite, aber nicht so entmutigend. Es könnte sein, jederzeit. Wenn der neue Tag beginnt und die Hoffnung auflebt, dass es heute so weit sein könnte, bis die Sonne untergeht, und wieder eine Hoffnung gestorben ist. Tag um Tag um Tag. Gestorbene auf gestorbene Hoffnung. Wie viele dieser gestorbenen Hoffnungen erträgt der Mensch? Er sehnt sich zurück in die Namenlosigkeit und Unbestimmtheit. Was hat sie ihm denn gebracht, die Namhaftigkeit? Es ändert nichts am Elend des Mensch-seins an sich. Aber ich kann mein Elend als meines benennen. Es ist nicht länger irgendeines unter vielen. Aber dennoch begehrt er auf. Herdenvieh zu sein, das ist einfacher, ohne Eigenes, immer mittendrin, mit dabei sein, mit sein und sich nichts versprechen. Doch wenn er benannt wird, dann erhält er ein Versprechen, und er fühlt sich verraten, weil er das Versprechen falsch versteht. Wie ein kleines Kind will er in den Arm genommen werden, getragen, über die Steine hinweg, die auf seinem Weg liegen, dass sie seinen Fuß nicht verletzen, über die Unbilden des Lebens hinweg, dass sie seinen Geist nicht aufrütteln, über die Sehnsüchte hinweg, dass sie seinem Herz nichts anhaben, über die Liebe hinweg, dass sie seinem Herz nichts erleiden lasse. Doch er sieht nicht die Verschwiegenheit in der Vertrautheit, sieht nicht das Werk und die Vollendung an jenem Sonnenuntergang, da er sein Schaffen und sein Bemühen beendet und ein Werk vollendet hat, weil es so weit weg scheint. Viel zu weit weg.

So legt er die Hände in den Schoß, und in diesem Schoß verdorren sie, so wie der Schoß selbst, so dass er seine nicht einmal mehr anklagend gen Himmel erheben kann, nicht mehr die Stimme erhebt gegen das Unrecht und die fortwährende Verlassenheit, in der er sich fühlt. Aber der, der ihn rief, der ist da, um ihn, immer, nur will er nicht glauben, dass der Rufende nicht auch sein Werk erbringt. Hände in den Schoß zu legen. Die Verantwortung des Rufenden ist nicht die eines Entmündigenden. Es ist die Verantwortung in die Freiheit zu entlassen, nur die Freiheit ist nicht tragbar, wenn man doch selbst getragen werden will, wenn einem die Last des eigenen freien Lebens zu viel scheint. Dazu seien diese Schultern nicht gemacht, die Verantwortung selbst zu tragen. Dazu seinen diese Füße nicht gemacht, die Freiheit zu durchwandern. Dazu seien diese Hände nicht gemacht, das Werk zu vollenden. Der, der rief muss das alles machen. Er darf nicht stehenbleiben beim Rufen, sondern weitermachen, alles machen. Doch er endet beim Ruf, und bei der Selbstbestimmung. So unerträglich.

Gellt in den Ohren, unablässig. Ach hätte er ihn niemals vernommen, den Ruf in die Freiheit, dann wäre er auch nicht verpflichtet gewesen sie zu nutzen. Hätte er niemals erfahren, dass er zur Tat berufen ist, und die Kraft zur Ausführung bekommen hat. Dann hätte er sich nicht entscheiden müssen. Doch er hat ihn vernommen. Immer aufs Neue wird er darauf gestoßen, wenn von ihm verlangt wird Selbst zu sein, doch er sieht auch den anderen Ausweg, den, sich vom Rufenden abzuwenden, dem zuzuwenden, der ihm flüsternd, verführend eingibt, es gäbe einen leichteren Weg. Nichts weiter ist zu tun, als sich abzuwenden von dem, der Dich ins Leben rief, hin zu dem, der ihm ein Leben verspricht, in dem alle Hindernisse aus dem Weg geräumt werden, ohne die Hände aus dem Schoß nehmen zu müssen. Es klingt so verführerisch. So dass er sich abwendet.

17. Verlorenheit

Wendest Du Dich ab von dem, der Dich in die
Namhaftigkeit rief, wendest Du Dich ab, von
dem, der Dich zu Dir selbst, Deiner Eigenheit
berief, wendest Du Dich ab, von dem, der Dich in
Freiheit entsetzte, wendest Du Dich ab, von dem,
der Dich ins Leben, in die Liebe rief, dann
wendest Du Dich ab von Dir selbst. Leere Hülle
in der Du verloren bist. Es ist die Wüste um
Dich, und die Wüste in Dir. Du suchst nach
etwas, mit dem Du die Leere füllen kannst. Lässt
Dich betören, verführen von Nichtigkeit und
Vergeblichkeit, lässt Dich einwickeln von
falschen Versprechungen, durchschaust nicht
die Verlogenheit und die Selbstbezüglichkeit.
Deine Zunge lechzt nach Wasser in der Wüste.
Deine Eingeweide verlangen nach Nahrung. Zu
tränken und zu sättigen. Aber Du siehst nicht,
dass es Dein Geist ist, der nach Verbindung
lechzt, Deine Seele, die des Anrufes in
Einsamkeit entbehren muss und Dein Herz, das
des Zuspruchs entbehrend, verhungert.

Wenn Du Dich selbst entlässt in die
Bedeutungslosigkeit, so bist Du unerreichbar.
Bleibst unerreichbar, und doch glaubst Du, dass
Du im Haben etwas entbehrst, während Dir Dein
Sein entschwindet. Selbst hast Du Dir die Quelle
Deiner Existenz entzogen, den Boden Deiner

Verwurzelung. Du selbst warst es, der Dich der Verlorenheit preisgegeben hat. Du schreist nach Gerechtigkeit? Du schreist nach Wiedergutmachung? Wer soll Dir Gerechtigkeit bringen für Deine Missetat? Wer soll Dir Wiedergutmachung verschaffen für Dein eigenes Vergehen? Wie ein Kind agierst Du, das sein Spielzeug fallenlässt und dann nach der Mutter schreit, dass es diese wieder repariere. Was sagst Du? Der Boden hat mein Spielzeug zerschellen gemacht und es in tausend Stücke zersplittert. Die Luft hat es nicht aufgefangen und auf den Boden fallen lassen. Der Wind hat es meiner Hand entrissen. Doch niemals erwägt es, dass es selbst es fallen ließ. Du hast Dich abgewandt, aber Du sagst, es ist die Sonne, die mich verdorrt und der Wind, der mich vertrocknet und die Nacht, die mich frieren lässt, aber niemals sagst Du, dass allem die Abwendung in die Verlorenheit aus dem Ruf voranging. Niemals bringst Du es in einen Zusammenhang. Du lachst über das Kind, das nichts versteht. Du lachst nicht über Dich, der Du nichts verstehst.

Augen hast Du, und kannst doch nicht damit sehen. Ohren hast Du, und kannst doch nicht damit hören. Einen Mund hast Du, und findest doch nicht die richtigen Worte, das richtige Wort. Denn Deine Augen sehen nur äußerlich und Deine Ohren verstehen nur äußerlich, und Dein Gesagtes bleibt an der Oberfläche. Du tauchst nicht mehr ein. Das Wasser des Lebens, das Dich umströmte und annahm, zärtlich, liebevoll, hast Du verwandelt in Eis und eine spiegelnde Oberfläche, in der Du nur mehr Dich selbst siehst. Hundertfach. Tausendfach. Und Dein Leid ist Dein eigenes. Und Dein Schmerz ist Dein eigener.

Lindere mein Leid, forderst Du! Heile meinen Schmerz, verlangst Du! Aber Du hast Dich abgewandt, bist abgeglitten in die Verlorenheit, ohne es zu sehen, ohne es zu spüren. Wann Du aufgehört hast? Es gibt nichts zu erinnern, in einer Welt der Verlorenheit. Es gibt nichts zu verstehen, in einer Welt der Abwendung. Und Du hast begonnen zu bauen, immer mehr und immer höher. Hast begonnen zu horten, Dinge und Menschen. Alles was leer war, hast Du gefüllt und Dich damit bereichert. Nichts durfte bleiben wie es war. Alles musstest Du verändern, nach Deinem Plan, doch so sehr Du auch fülltest und bereichertest und verändertest, Du konntest die Leere in Dir nicht füllen, die Abwesenheit nicht bereichern und die Verlorenheit nicht verändern. Und doch meintest Du, Du müsstest Dich noch mehr anstrengen, noch mehr von dem machen, womit Du einmal begonnen hattest, mehr von dem, was

Dich wegbrachte. Du hattest keine andere Wahl, weil Du keine Zeit hattest Dich niederzusetzen und zu besinnen. Jetzt sitzt Du, inmitten des Habens, und nichts gibt es, was Dir angehören würde, wie viel auch immer Dir gehört. Und so sahst Du auch das Leben nicht, das Du entseeltest, so wie Dich selbst. Es ward nichtig und wertlos. Gebrauchsgegenstand unter vielen, inmitten der allumfassenden Verlorenheit.

18. Das Böse

Die Söhne Jifsraels taten weiter das in SEINEN Augen Böse, ER gab sie in die Hand der Philister, vierzig Jahre.[12]

Und in der Verlorenheit der Seele liegt das Böse. Nicht im Brechen der äußeren Verpflichtungen, in Lüge und Betrug, in Falschheit und Verderbtheit. Das Böse ist das, was Dich Dich abwenden lässt vom eigentlichen Lebensquell, und die Zurückweisung des Anrufes. Das ist der Ursprung.

Lässt sich der Weg zurückgehen, durch die vierzig Jahre in der Wüste, die vierzig Tage der Flut und die vierzig Tage des Regens, bis zum Anfang, bis zu dem Zeitpunkt, da die Abwendung ward und die Verlorenheit begann? Lässt sich etwas ändern, an dem Du festhältst?

Besser allemal, meinst Du, ist es das zu haben und zu halten, auch wenn es schlecht ist und dem Leben abträglich, besser als die Unbestimmtheit des Seins. So bleiben Deine Hände verkrampft, verkrallt. Du willst nicht loslassen was sich darinnen befindet, willst die

---

[12] Ri. 13,1. Aus: Die Schrift, verdeutscht von Martin Buber gemeinsam mit Franz Rosenzweig. Gerlingen: Schneider, 1997.

Hände nicht öffnen. Dann, meinst Du, dann wäre alles verloren. Würdest Du die Hände öffnen, dann würdest Du merken, dass sich darin Nichts befindet, und dieses Nichts frisst sich durch die Haut Deiner Hände, frisst sich durch Dein Fleisch, frisst sich durch Deine Knochen, frisst sich durch Deine Eingeweide, nur die Hülle lässt sie ganz, die sie in Besitz nimmt.

Würdest Du die Hände öffnen und das Nichts der Nichtigkeit überführen, dann könntest Du, die Finger ausstreckend, Deine Hände in ein Gefäß wandelnd, in das Dir das Geschenk des Lebens gelegt werden könnte, und wenn Du das Gefäß beließest und nicht rasch die Finger darum verschlössest, dann bliebe es Dir, indem Du es weiterschenkst. Es würde die Wunde heilen, Deiner Haut, Deines Fleisches, Deiner Knochen, Deiner Eingeweide, Deines Herzens, doch Du hast solche Angst, dass Du besitzlos wärest, würdest Du das Haben nicht verschließen, dass Du Dich nicht heilen lassen kannst. Lieber überantwortest Du Dich dem, der Dich unterwirft, übergibst Du Dich dem, der Dich gefangen nimmt, Dir wieder das Joch auf die Schultern legt und Dir abverlangt was auch immer er will, der Dich mit Willkür und Eigennutz beherrscht, als dass Du losließest, um Deiner selbst willen, um Deiner Freiheit willen.

Hast Du denn alles vergessen? Hat das Wasser des Regens Dein Gedächtnis ausgewaschen? Hat der Wüstenwind die Bilder verweht? Hat die sengende Sonne Dein Herz gänzlich vertrocknet?

Lieber gehst Du in Gefangenschaft des Bösen, als dass Du die Freiheit des Miteinander wählst. Lieber lässt Du Dich knechten und Dich Dir selbst entfremden, bevor Du die Liebe wählst. Und dennoch, trotz allem hat der Ruf nicht nachgelassen. So oft Du ihn zurückweist, so oft kommt er zu Dir zurück. Du bist in Gefangenschaft, doch sie wird enden, nach vierzig Jahren. Du bist dem Bösen verfallen, doch es wird sich wenden, nach vierzig Jahren. So sehr Du Dich auch von der Quelle des Lebens wegbewegst, so tief Du auch fällst, immer ist da ein Auffangen. Es fragt nicht nach Verdienst, nicht nach Einsicht, nicht nach Reue, nur nach Deiner Annahme. Immer ist es da, Rettung, Heilung und Umarmung.

40 – Zeit der Reife, Zeit der Prüfung, Zeit der Erziehung.

Es ist um Deinetwillen, dass Du die Zeit erhältst, zu reifen, zu Dir selbst zu gelangen, zu einem Auge, das sieht, zu einem Ohr, das hört, einem Mund, der das Wort des Lebens zu sprechen vermag, und einem Herz, das versteht. Es ist um Deinetwillen. Der, der Dich ruft, er erwartet Dich, am Ausgang der vierzig Tage ebenso, wie der vierzig Jahre, wenn sie endet, die Zeit der Reife, der Prüfung und der Erziehung. Seine Geduld ist grenzenlos und allumfassend.

19. Den Weg zu gehen

Er erhob sich, aß und trank, dann ging er in der Kraft dieser Atzung vierzig Tage und vierzig Nächte bis zum Berg Gottes Choreb.[13]

So viele Stimmen umschwirren uns. Alle wollen sie uns den Weg weisen. Sie flüstern, versuchen, beeinflussen, versprechen und bezirzen. Ganz leicht soll es sein, meinen sie. Es bedarf nicht viel, nicht viel Deiner Zeit und nicht viel Einsatz. Das größte Ziel ist ohne Mühe zu erreichen. Das hörst Du gerne. Du lächelst, denn Du denkst, wenn das stimmt, dann brauche ich doch nicht viel zu tun, es fällt mir doch in den Schoß wird mir versprochen. Reichtümer und Glück, das wird Dir zukommen. Und Du lässt Dich verführen, doch es ist niemals so. Du hast Dich verführen und blenden lassen. Du kannst nicht Lohn erwarten ohne Einsatz. Du kannst nicht mit dem Du beschenkt werden, wenn Du Dich selbst nicht einbringst, antwortend, verantwortend. Das Leben öffnet sich Dir, wenn Du Dich ihm öffnest. Es erlaubt und verzeiht, aber es fordert Dich heraus. Immer zu Dir selbst, im Antlitz seiend, wahrend, werdend. Du bist gemeint, und nicht das Blinken und Funkeln des

---

[13] 1. Kön. 19,8. Aus: Die Schrift, verdeutscht von Martin Buber gemeinsam mit Franz Rosenzweig. Gerlingen: Schneider, 1997.

Besitzes, den Du anhäufst. Es lässt Dich sein und nicht besitzen. Wenn Du die Hand öffnen und loslassen kannst, dann kannst Du das Geschenk, das Dir das Leben bereitet, annehmen.

Es sendet Dich aus. Es sagt nicht, es ist leicht. Es sagt, es ist ein harter Weg, der Prüfung, der Reife, der Erziehung. Du wirst alles hinter Dir lassen, was Dir doch nur Ballast ist, und wirst in die Öffnung gehen. Es ist nicht leicht loszulassen, doch wenn es gelingt, dann wird es Dir Stärkung geben für diesen Weg. Es schickt ihn Dich nicht, weil es am Ende einen Preis zu gewinnen gibt, weil es Dich für die Strapazen belohnt, sondern weil es notwendig ist um Deinetwillen.

Der Durst bringt es, dass das Wasser süß schmeckt und auch für die Seele gut ist. Der Hunger bringt es, dass Dir die Speise wohlschmeckend ist und auch Dein Herz nährt. Du gehst letztendlich, getragen und gehalten, zu der Weite, die in Dir selbst wartet entdeckt zu werden. Lass es zu, lass Dich ein, auf den Weg, der zu gehen ist, und Du wirst versorgt sein, mit dem, dessen Du wirklich bedarfst, und nicht mit schnödem Beiwerk, das Dich doch nur belastet, Deine Seele einengt und Dir den Atem nimmt, das Dich einsperrt und Deinen Blick verengt. Du bist nicht Du, wenn Du Dich nicht rufen lässt. Du kannst nicht zu Dir selbst gelangen, wenn Du nicht ausgehst.

Vorgefasstes, Fertiges, es ist nicht für Dich, sondern gegen Dich. Wie sollst Du wachsen, wenn alles fertig und geschehen ist? Wie sollst Du lernen, wenn Du alles fertig vorgesetzt bekommst und auf nichts mehr neugierig sein kannst? Wie sollst Du Dich zuwenden, wenn Du meinst alles schon zu kennen? Die Müdigkeit hüllt Dich ein, der Schlaf befreit Dich, und wenn Du erwachst, dann ist Dir ein Mahl bereitet, dass Dir die Kraft schenkt, für die Zeit, in der Du den Weg gehst, vierzig Tage und Nächte. Das Wasser, das für die Seele gut ist, und die Nahrung, die Dein Herz nährt, dies ist Dir bereitet, am Anfang des Weges, und es wird Dich nähren bis zu dessen Ende, da Dich der Anruf erreichen kann, da Du dahin gefunden hast, dass Dich der Anruf zu erreichen vermag, da nicht nur Deine Augen und Ohren, sondern auch Dein Herz und Deine Seele geöffnet sind, da Du nicht nur mit dem Mund sprechend antwortest auf den Anruf, sondern mit Deinem ganzen Sein, und die Antwort ist die eine, die sich mit dem ganzen Wesen spricht, am Ende des Weges, der Prüfung, der Reife, der Erziehung, das sich spricht, als wäre es das erste Wort und das allumfassende, das Du, das sich antwortend und verantwortend Dir anvertraut.

20. Was willst Du?

Dort kam er in die Höhle, dort wollte er nächtigen, Er sprach zu ihm: Was willst Du hier, Elijahu?[14]

Und der, der den Anruf sandte, von dem alles ausging, alles Leben und Sein in Dir, der Dich herausholte aus dem Unverstand und der Blindheit und der Namenlosigkeit und der Verlorenheit, der ist der Befreiende. Der Angerufene ist der Herausgerufene, aus der Einheitlichkeit und der Unbestimmbarkeit in die Namhaftigkeit. Er wird durch den Ruf in das Du zu sich selbst gerufen. Der Weg zu mir geht immer über die Du-Werdung. Frei zu antworten, setzt der Ruf selbst in die Freiheit. Es ist die Liebe des Rufenden, die den Angerufenen freisetzt. Ich kann die Antwort verwehren. Und in der Unfreiheit verbleiben. Doch wenn ich mich rufen lasse, wenn ich antwortend dem Ruf entspreche, dann lasse ich mich in die Freiheit setzen, die nur die Liebe zu eröffnen vermag. In diese Freiheit ergeht die Aufforderung. An Elijahu. An Dich. An mich. In diese Freiheit wird

---

[14] 1. Kön. 19,9. Aus: Die Schrift, verdeutscht von Martin Buber gemeinsam mit Franz Rosenzweig. Gerlingen: Schneider, 1997.

83

ein Weg eröffnet und geebnet. Für Elijahu. Für Dich. Für mich.

Und dennoch steht es in der Freiheit des Gerufenen, ob er den Weg gehen will. Freiheit des Elijahu. Deine Freiheit. Meine Freiheit. Doch wenn Du ihn gehst, den Weg, dann erreichst Du ein Ziel, ein hohes, hehres Ziel. Wenn Du den suchst, der Dich rief, aus der Namenlosigkeit zu Dir selbst, dann erreichst Du ihn, dann lässt er sich erreichen. Und wenn Du ihn erreichst, dann fragt er was Du willst. Was willst Du hier? Was erwartest Du Dir? Was ist Dein Begehr? Warum hast Du den Weg auf Dich genommen, vierzig Tage und vierzig Nächte, in denen Du reiftest, Dich prüftest und erzogst? Warum bist Du hier?

Und Du antwortest, aus der Freiheit dessen, der die Antwort wählen kann. Immer noch steht es Dir frei Dich abzuwenden, zurückzukehren. Es gibt keinen Punkt in der Du-Werdung, der die Umwendung verschlösse. Nur, wer Dich binden und fesseln und klein halten will, verwehrt Dir einen anderen, Deinen selbst gewählten Weg zu gehen, doch er ist nicht liebend, sondern besitzend und vereinnahmend. Wie gerne lassen wir uns besitzen und vereinnahmen und in die Unfreiheit führen. Es lebt sich doch manchmal viel leichter. Wenn es entschieden ist, wenn das Denken nicht notwendig ist, wenn es nicht an

Dir liegt. Sicher, Du kannst nicht aus, aber es wird Dir auch abgenommen, die Entscheidung und die Rechtfertigung, das Maß und die Zugehörigkeit. Alles wird Dir genommen, und dafür erhältst Du eine vage Sicherheit. Doch Du bist auch namenlos nicht gefeit vor dem Tod. Nein, gerade als namenlos bist Du es, denn Du bist tot, lebendig tot. Unbestimmtheit. Verworrenheit. Niemals zu Dir selbst gekommen. In der Masse verschwindend. Eigentum neben all den anderen Dingen. Ohne Namen. Ohne Antlitz.

Doch wenn Du, in die Freiheit des Namens gerufen, antwortest, so erwählst Du die Freiheit, den Weg zu gehen oder einen anderen, anzukommen oder weiterzugehen, Dich weiter ansprechen zu lassen oder Dich zu verschließen, in jedem einzelnen Moment Deines für Dich gewonnenen Da-Seins. Und Du wirst gefragt, nach Deinem Begehr, nach Deinem Antrieb, nach Deiner Motivation. Und der Fragende fragt, weil er die Antwort nicht kennt. In der Unfreiheit der Namenlosigkeit bedarf es keiner Fragen, denn es gibt keine Antworten, nur die eine, die Dir darin vorgegeben ist. Du wirst nicht den Weg gewiesen, weil es nur den einen gibt, den, der Dir vorgegeben ist. Wie eine Maschine. Wie ein seelenloses Ding. Keine Entscheidung. Keine Fehler. Deine Entscheidung. Deine

Möglichkeiten. Du wendest Dich dem Fragenden zu, und gewahrst, dass er Deine Antwort erwartet, die er nicht kennt und doch zu wissen verlangt.

„Was willst Du?", fragt er Elijahu.
„Was willst Du?", fragt er Dich.
„Was willst Du?", fragt er mich.

Antwortend wendet sich Elijahu zu. Du. Ich.

21. Meine Verdienste

Er sprach: Eifrig geeifert habe ich für DICH, den Umscharten Gott, - verlassen ja haben die Söhne Jifsraels deinen Bund, deine Schlachtstätten haben sie zerscherbt, deine Künder mit dem Schwert umgebracht, ich allein bin übrig, so trachten sie mir nach der Seele, sie hinwegzunehmen.[15]

Die Liebe entzündet das Verlangen, das Verlangen sich für den Bund einzusetzen, alles dafür zu geben, ja gar sich selbst. Das eigene Leben nicht achtend. Die eigene Seele nicht achtend. Das Herausfallen aus dem Bund mit dem Rufenden, der Bund zwischen Rufenden und Gerufenen, ist der Atem und der Herzschlag und das Leben des Gerufenen. Es ist eine Erfahrung, die unhintergehbar ist. Wenn Du Dich rufen ließt, einstmals, in die Freiheit des Seins, das sich in Deinem Namen eröffnet, dann kannst Du hinter diese Erfahrung nicht mehr zurück. Hättest Du sie nie gekannt, hätte Dich der Ruf nicht erreicht, hättest Du Ohr und Aug dagegen verschlossen, und Du würdest verbleiben, lebendig tot, in der Namenlosigkeit, dann hättest Du Dich dieser Erfahrung niemals

---

[15] 1. Kön. 19,10. Aus: Die Schrift, verdeutscht von Martin Buber gemeinsam mit Franz Rosenzweig. Gerlingen: Schneider, 1997.

anvertraut, und Du könntest darin verbleiben, bis in alle Ewigkeit.

Unterschiedslos, ob Du atmest oder nicht. Unterschiedslos für die anderen, ob Du atmest oder nicht. Doch wenn Du dem Ruf in die Namhaftigkeit antwortend folgst, dann bist Du zu Dir selbst berufen. Du spürst wie der Atem Dir Leben bringt. Du spürst wie Dein Herz schlägt. Du spürst wie die Liebe Dich ummantelt und trägt und behütet, die Liebe die den Namen des Rufenden trägt. Du spürst Dich indem Du Dich hinöffnest und verströmst und es tausendfach zurück erhältst. Und Du frohlockst angesichts der Liebe. Und Du stehst auf, wenn Du bedroht bist.

Kennst Du den Namen dessen, der Dich rief? Kennst Du Sein Antlitz?

Das hämische Lachen derer, die in Unfreiheit und Namenlosigkeit verblieben, dröhnt in Deinen Ohren. Sie wollen Dich vertreiben aus ihrer Ahnungslosigkeit, aus ihrer Leblosigkeit. Du bist der Stachel im Fleisch ihrer Gleichgültigkeit. Doch Du stehst auf und trittst ihnen entgegen. Und sie nehmen Dir das Leben, wenn Du Dich nicht vertreiben lässt und nicht ablässt von der Namhaftigkeit. Du bist ihre Bedrohung, derer sie sich entledigen müssen.

Sie sind dem Ruf nicht antwortend gefolgt, sie sind nicht den Weg gegangen. Sie sind nicht gereift und erzogen und geprüft. Du willst sie mitnehmen. Aber sie wollen nicht hören. Sie wollen sie nur loswerden, diese Bedrohung ihres Einerlei, ihrer Unhinterfragtheit, ihrer Bedeutungslosigkeit. Deine Freiheit und Friedfertigkeit ist ihre eigentliche Bedrohung. Nicht das Schwert fürchten sie, weil sie den Tod nicht zu fürchten brauchen. Nicht den Befehl fürchten sie, weil sie nichts anderes kennen. Nicht die Unfreiheit fürchten sie, weil sie sich darin eingerichtet haben. Was sie fürchten ist die Wahl und die Freiheit und das Leben und die Liebe. Sie fürchten, was Du mitten unter ihnen lebst und bist. Du bist die Verkörperung ihrer Furcht. Dessen müssen sie sich entledigen, um nicht mehr darauf hingewiesen zu werden, auf ihre eigene Gefangenschaft, ihre eigene Bedeutungslosigkeit. Deshalb trachten sie Dir nach dem Leben, nach der Seele. Du siehst alle um Dich, die Deinen Weg gingen, des Lebens und der Seele beraubt.

Und in Deiner Not wendest Du Dich an den, der die Erfahrung ermöglichte und Deine Bedrohung begründete. Und Du antwortest mit Deinen Verdiensten, die Du erbrachtest, den Bund zu erhalten. Alles, was Du tatest, um die Verbindung aufrecht zu halten – und doch tatest

Du es, um Dein eigenes Leben, Deine eigene Freiheit zu bewahren, Dein Verbleiben im liebenden, umfassenden Ummanteltsein. Das Verdienst um den Bund, ist das Verdienst, das Du der Lebendigkeit Deines eigenen Lebens brachtest, dass Du verbleibest, lebendig, atmend, liebend.

22. Erdgewalten

*Er sprach: Heraus, steh hin auf den Berg vor Mein
Antlitz! Da vorüberfahrend Er: ein Sturmbraus,
groß und heftig, Berge spellend, Felsen malmend,
her vor Seinem Antlitz: Er im Sturme nicht – und
nach dem Sturm ein Beben: Er im Beben nicht –
und nach dem Beben ein Feuer: Er im Feuer nicht
–,* [16]

Du warst dem Ruf gefolgt, dessen, der Dich
herausrief aus der Namenlosigkeit in Dein
Selbst-Sein, warst den Weg gegangen, vierzig
Tage und vierzig Nächte, durch die Wüste der
Entbehrungen, hin, zu dem Ziel, das er Dir wies,
zu erreichen, zu ersteigen. Und nun, nun sollst
Du ihm gegenüber treten. In einer Höhle hast Du
Dich verborgen. Du hast Schutz gesucht, dessen
Du nicht bedurftest, da Du doch immer schon
ummantelt warst, seit Du Dich rufen ließt.
Dennoch suchst Du Schutz. Die Erde trägt Dich,
aber sie trägt auch den Sturm und das Feuer und
das Beben. Du sitzt in Deiner Höhle und
erwartest. Du harrest dessen, was da auf Dich
zukommen mag. Wie wird sie sich zeigen, die

---

[16] 1. Kön. 19,11,12a. Aus: Die Schrift,
verdeutscht von Martin Buber gemeinsam mit
Franz Rosenzweig. Gerlingen: Schneider, 1997.

Stimme, die das Leben schenkt, das atmende, freie, liebende Leben, das Wort selbst?

Du sitzt in der Ecke Deiner Höhle, zusammengekauert, die Beine fest an Dich gezogen und von Deinen Armen umfasst. Du bist ein kleines Päckchen in der Ecke der Höhle, als müsstest Du Dich vergewissern, dass Du da bist, dass Du Dich noch spürst. Selbstgenügsamkeit, und doch willst Du Dich frei lassen. Freiheit ist das Geschenk. Freiheit die Zusicherung. Du willst es gesagt bekommen. Du weißt es nicht. Die Unwissenheit verdrängt die Zuversicht, noch. Doch Du bist gewillt. Du sitzt in der Ecke der Höhle und wartest. Du erwartest. Du wurdest zuerst erwartet. Du antwortest auch dieser Erwartung. Und als Du aufgefordert wirst vor die Höhle zu treten, da folgst Du dieser Aufforderung. Dicht an den Felsen gedrängt, ausharrend, erwartend.

Und da musst Du es erleben, dass ein Sturm losbraust, ein solch heftiger Sturm, der die Felsen zermalmt, ja gar die Berge spaltet. Und Du, kleiner Mensch, bist mitten darinnen und kannst nichts ausrichten. Sollte es das sein, das Du, das Dich rief? Ist es das, das die Zerstörung berief und Dich in den Untergang zu stürzen vermag? Ist es Dein Untergang? Doch es ist nichts weiter als die Erde, die den Sturm ebenso beherbergt wie das laue Lüftchen. Es ist die Erde, die es geschehen lässt und nicht der Rufende. Der Sturm ebbt ab, und Du bist immer noch, unversehrt, an den Felsen gepresst.

Doch dann musst Du erleben, dass sich die Erde unter Dir aufbäumt, Dich schüttelt und Dich noch näher an den Felsen presst. Sollte dies der sein, der Dich rief? Sollte es das sein, das alles durcheinanderwirbelt, und die Bäume entwurzelt und Dich verschlingen könnte? Sollte dies Dein Untergang sein? Doch nein, auch das Beben ebbt ab. Es ist von der Erde getragen, das Beben, wie die Ruhe, die nun einkehrt. Doch wo ist der, der Dich rief aus der Namenlosigkeit vor sein Antlitz?

Und da erhebt sich ein Feuer, das die Bäume und die Pflanzen und die Tiere verzehrt und alles, was es zu erhaschen vermag. Und Du presst Dich an den Felsen, und hoffst, dass es vorüberzieht. Doch sollte dies nun der sein, der Dich rief, aus der Namenlosigkeit und vor sein Antlitz? Sollte es der sein, der Dich rief und nun dem Untergang weiht? Doch nein, auch das Feuer ist nur der Erde geschuldet. Das Feuer und der Regen. Es ist der Lauf des Lebens, das erblüht und wieder vergeht. Das sanft entschlummert oder verschlungen wird. Es rührt die Erde nicht, auch wenn es Dich rührt, wenn das Leben entschwindet. Aber es rührt Dich auch, wenn das Leben erwacht.

Du lässt Dich rühren, weil Du Dich berührbar machtest, mit dem Tag des Anrufes und der Folge in die Namhaftigkeit. Nicht in den Naturgewalten erscheint das Antlitz dessen, der Dich rief. Doch worin zeigt es sich dann?

23. Verschwebendes Schweigen

aber nach dem Feuer eine Stimme
verschwebenden Schweigens.[17]

Du hast die Naturgewalten überstanden, den
Sturm und das Beben und das Feuer, doch in
keinem davon zeigte sich das Antlitz dessen, der
Dich aus der Namenlosigkeit und Beliebigkeit in
die Namhaftigkeit rief. Doch wo sollte er sich
zeigen?

Nicht stark, mächtig und aufbrausend war er.
Nicht mit Gewalt musste er herrschen, nicht mit
Tod und Untergang. Du hättest es wissen
müssen. Dein Kopf und Dein Herz und Deine
Seele. Er braucht nicht Sturm, nicht Beben, nicht
Feuer sich zu zeigen. Er braucht nicht in den
Untergang zu führen, aus dem er Dich doch
herausführte. Er braucht nicht zu ängstigen und
nicht zu gefährden, denn er ist die Überwindung
der Angst und der Gefährdung. Du hättest es
wissen müssen, wenn Deine Augen und Deine
Ohren und Dein Mund offen und zugänglich
sind. Er braucht nicht zu beeindrucken durch
einen donnernden Auftritt. Er ist. In sich. Doch
das war ihm nicht genug. Er ist. In sich. Und

---

[17] 1. Kön. 19,12b. Aus: Die Schrift, verdeutscht von Martin
Buber gemeinsam mit Franz Rosenzweig. Gerlingen:
Schneider, 1997.

machte sich doch selbst zur Mitteilung. Er sprach sich von sich aus Dir zu, indem er Dich rief und anrief und herausrief. Er selbst entschied. Dich zu rufen, anzusprechen und Dich Dir zu zeigen.

Und Du stehst, an den Felsen gedrängt. Gerade hast Du den Sturm vorbeibrausen erlebt, doch er hat Dich nicht erfasst. Du hast die Erde unter Dir im Beben erzittern spüren, doch es hat Dich nicht verschlungen. Du hast das Feuer vorüberbrausen erlebt, doch es hat Dich nicht erfasst. Du bist heil. Doch die Angst sitzt Dir in den Knochen. Du rührst Dich nicht von der Stelle. Es hat Deinem Vertrauen nichts anhaben können. Oder vielleicht hat das Erleben Dein Vertrauen gestärkt und Dich aufleben lassen. Du wusstest Dich gehalten – und die Tiefe dieser Wahrheit hat sich im Erleben erwiesen. Du erwartest das Antlitz. Wie solltest Du es Dir vorstellen?

Es erscheint Dir, vor Dir, und es ist die Sanftheit und die Milde, das dem Anruf inhärente, es ist eine Stimme, die Du nicht nur ahntest, sondern wusstest, eine Stimme, die Dich Dir erfahrbar gemacht hatte, die Dir ward, der Du wardst, und sie ist mild wie ein Mailüftchen, und doch so stark, dass sie Dich durch Dein Leben trägt. Sie ist sacht, wie die Berührung der Mutter auf

96

Deiner Haut, die Dich doch bis ins Innerste durchdringt. Sie ist warm, wie der Regen im Juli, der Deine Haut benetzt und kühlt, doch wohltuend und erfrischend. Sie ist die Stimme des Schweigens, das alles Sagbare, alles Wortbare umfasst und in sich fasst. Es ist so unscheinbar wie der Atem und der Herzschlag und doch so tragend und lebensnotwendig. Das Antlitz als zugewandtes, dessen, der Dich rief und herausrief, ist nicht die Härte, die Strenge und die Zucht. Sie ist die Stimme des verschwebenden Schweigens.

Stimme, die Dich ruft. Stimme, die in aller Eindeutigkeit Dich meint. Stimme, die Dich ummantelt wie der Morgen und der Abend und die Sonne und der Mond und die Sterne, liebende, sanfte, wohlig warme Stimme. Es ist die Stimme, die sich sanft erhebt und verschwebt, sich auflöst und immer neu findet und verbindet. Es ist die Stimme verschwebenden Schweigens, erhebend, verwehend, und doch Dich in Deinen Grundfesten mehr zersplitternd als der Sturm, Dich in Dir selbst mehr erschütternd als das Beben und Dich mehr liebend verzehrend als das Feuer.

Das Schweigen, das dem Verschweben der Stimme folgt, ist die Offenheit, in die Du zu antworten vermagst, das Wort dem Wort hinzuzufügen, selbst Wort geworden, dem Wort anschließend, das sich Dir sprach, zeigte und zu erkennen gab. Das Antlitz ward in der Stimme verschwebenden Schweigens. Am Ende der Zeit der Reife, der Zeit der Prüfung, der Zeit der Erziehung konntest Du es annehmend verstehen.

24. Der Auftrag

SEINE Rede geschah zu Jona Sohn Amitajs, es sprach: Steh auf, wandre nach Ninive, der großen Stadt, und rufe über ihr aus, daß ihre Bosheit vor mein Antlitz herübergezogen ist. Jona stand auf, nach Tarschisch zu flüchten, von SEINEM Antlitz fort.[18]

Ich fliehe vor Dir. Was gibt es für mich zu gewinnen? Was habe ich davon, wenn ich mich weiterhin einlasse, wenn ich Deinen Auftrag erfülle? Was habe ich davon? Nichts als Spott und Hohn. Für Dich darf ich den Kopf hinhalten, und Du selbst bist weit weg. Entziehst Dich vor dem Faktischen. Nichts weiter gibst Du mir als einen Auftrag. Was dann? Dann lehnst Du selbst Dich zurück, und ich soll machen. Ich finde es nicht fair. Was hast Du für mich getan? Du hast mich mit Deinem Ruf zu mir selbst berufen, hast mich in die Namenlosigkeit geführt, Du, und die Menschen, die mir in Wahrheit und Offenheit begegneten. Du führtest sie mir zu. Und weiter? War da noch etwas, das rechtfertigt, dass Du mich jetzt so mir nichts Dir nichts nach Ninive schickst und dann soll ich den Menschen auch noch sagen, dass sie böse sind. Da werden die

---

[18] Jona 1,1-3a. Aus: Die Schrift, verdeutscht von Martin Buber gemeinsam mit Franz Rosenzweig. Gerlingen: Schneider, 1997.

aber schön schauen. Wahrscheinlich werden sie mich sofort erschlagen und meine Kadaver den Hyänen und Schakalen zum Fraß vorwerfen. Du bist dabei nicht in Gefahr. Vielleicht ist dann ein anderer, den Du auch schickst, mit demselben Auftrag, und wenn es diesem genauso ergeht wie mir, dann schickst Du den nächsten und immer so weiter. Du leidest ja keinen Mangel. Aber mir ist mein Leben wert.

Die andere Möglichkeit wäre, dass ich denen in Ninive sage, dass sie Böses tun und ihre Stadt deshalb vernichtet werden soll, und sie besinnen sich, so dass sie sich bekehren und das Böse fürderhin lassen und das Gute tun. Was wird dann passieren? Dann wirst Du die Stadt nicht vernichten, und ich stehe erst blöd da. Wie ich es auch drehe und wende, Dein Auftrag ist mein Untergang. Entweder in Form meines Lebens oder meiner Reputation.

Ich fliehe, weg von Deinem Antlitz, weil ich beides nicht will. Du findest mich, ganz gleich, was ich tue. Aber was dann? Wenn ich mich aufs nächstbeste Schiff begebe, wirst Du dann einen Sturm schicken, der erst aufhört, wenn mich die Besatzung ins Meer wirft? Und dann, wird mich ein Wal verschlucken? Was für ein absurder Gedanke. Ich fliehe vor Deinem Antlitz, das mich so herausfordert. Kann sein, dass ich Dir nicht entkommen kann, aber ich muss es zumindest versuchen. Und dann fange ich irgendwo anders, weitab von Dir ein ganz neues Leben an. Ganz gleich was ich mache, und wenn es das Abkratzen des Kotes von den Straßen ist. Alles besser als das. Aber was soll das überhaupt? Du erteilst mir einen Auftrag, ohne mich zu fragen, einfach so, und ich soll ihn befolgen. Und dabei dachte ich, dass Du es gut meintest, als Du mich beriefst, aus der Namenlosigkeit in die Namhaftigkeit, dass Du mir wohlgesonnen warst, aber dabei schien es nichts weiter als die Vorbereitung auf diese Unvermeidlichkeit hier zu sein.

Wie dumm ich doch gewesen bin, wie leichtgläubig und naiv. Ich hatte keine Hintergedanken, aber offenbar Du. Eigentlich kann ich es immer noch nicht richtig glauben, dass es so ist, dass Du mich so gebrauchst. Warum gehst Du nicht selbst nach Ninive und tust was immer Dir gefällt? Nein, mich musstest Du dafür ausersehen. Dabei hätte ich noch so viel anderes zu tun. Stattdessen erteilst Du mir einen Auftrag, quasi aus heiterem Himmel, und meinst, dass ich einfach alles liegen und stehen lasse und das mache. Aber da hast Du Dich geschnitten.

Ich werde fliehen und mich verstecken, vor Dir und Deinem Auftrag. Und dann werden wir ja sehen was passiert. Aber schließlich bin ich ja nicht Dein Eigentum, mit dem Du schalten und walten kannst wie Du willst. Ich bin ein freier Mensch mit einem freien Willen. Das hast Du selbst gesagt. Ja, betont hast Du es noch, und dann das. Ich fliehe, hinaus aufs Meer, weg aus Deinem Antlitz.

25. Flucht vor Deinem Antlitz

ER aber schleuderte einen großen Wind aufs Meer, ein großer Sturm ward auf dem Meer, daß das Schiff zu zerbrechen meinte.[19]

Ich schiffte mich also ein. Es hatte sich alles wohl getroffen, denn gerade als ich an der Küste anlangte, entdeckte ich ein Schiff, einen prachtvollen Dreimaster, der den Anschein erweckte, dass er sich weder Sturm noch Angreifer beugen musste. Ein stolzes Schiff, perfekt für seine Aufgabe Menschen und Ladungen sicher und bequem über die ewig sich erneuernden Wellen des Ozeans zu tragen, von einem Hafen zum anderen, unter dem sorgsamen und wachsamen Auge des erfahrenen Kapitäns, der niemals den Überblick verlor und immer alles fest im Griff hatte. Dieses Schiff war im Begriff auszulaufen. Gerade im letzten Moment erreichte ich es. Man erklärte sich bereit mich noch aufzunehmen, denn zufällig war noch eine Kabine frei. Ich fühlte mich wie ein Hase, der einen letzten Haken vor dem Verfolger geschlagen hatte, der diesen endgültig verwirrte und dazu veranlasste von seinem Mord- und Freßvorhaben abzulassen.

---

[19] Jona 1,4. Aus: Die Schrift, verdeutscht von Martin Buber gemeinsam mit Franz Rosenzweig. Gerlingen: Schneider, 1997.

Ich war überzeugt davon, ich hatte Dich überlistet, Dich, der Du mich zu diesem absurden Auftrag beriefst, der keinen Lohn für mich bedeutete, sondern nur Belastung. Aber ich war geflohen, vor Deinem Antlitz.

Frohgemut bezog ich meine Kabine, und wenige Minuten später befanden wir uns bereits auf offener See. Sonnenschein lag in der Luft, so dass ich mich an Deck begab um die Wärme zu genießen. Der Bug des Schiffes zerschnitt lautlos und majestätisch die ruhige See. Wie gebügelt schien das Wasser, dachte ich mir noch, als ich mich hinzuzufügen genötigt sah, dass wohl die erste Büglerin ihren Dienst beendet und eine zweite ihren Dienst aufgenommen hatte. Doch diese zweite zeigte weit weniger Sorgfalt als die erste, wie ich betrübt feststellte, denn das Wasser bekam immer mehr Knickerfalten. Jetzt hat sie wohl aufgegeben und alles einfach zerknüllt in eine Ecke geworfen. Ein Sturm setzte ein, wie aus dem Nichts. Der wolkenlose, blaue Himmel hatte sich in kürzester Zeit mit dunkelgrauen, tiefhängenden Wolken überzogen. Nicht der kleinste Sonnenstrahl war mehr zu sehen, so undurchdringlich war diese Wolkendecke.

Und ebenso unverhofft und plötzlich öffnete der Himmel seine Schleusen, so dass der Regen wie ein Sturzbach herniederfiel. Dazu kam noch ein heftiger Sturm, der uns unablässig umbrauste. Das Schiff, das so stolz und unbezwingbar auf mich gewirkt hatte, wurde von den immer mehr sich türmenden Wellen herumgeschleudert wie eine Streichholzschachtel. Längst waren die Segel eingezogen, doch die Naturgewalten setzten das Schiff in arge Bedrängnis. Dem hatten wir nichts entgegen zu setzen. Die Menschen flehten zum Himmel, flehten zu dem, der sie aus der Namenlosigkeit geführt hatte, dass er sie und ihr Leben rettete. Ich hörte sie rufen und flehen, gepeinigt von Todesangst. Ich trug die Verantwortung. Wegen mir war dieser Sturm. Und so konnte ich diese Menschen retten.

Hättest Du mir doch Zeit gegeben, zu reifen, vierzig Tage Zeit, doch Du setztest es einfach voraus. Vielleicht wusstest Du einfach mehr von mir als ich selbst. So sprach ich, sie sollten mich über Bord werfen, dass die Not ein Ende hätte, denn ich wusste, dass ich es war, der sie retten konnte. Und sie warfen mich ins Meer. Erst als ich untergegangen war, glätteten sich die Wellen, der Himmel erstrahlte wieder in Blau, und ich, ich überließ mich dem Untergang. Vielleicht hätte ich ihn doch annehmen sollen, diesen Auftrag, aber woher hätte ich denn wissen sollen, dass ich deshalb sterben müsste.

26. Niemand ist vergessen

Ich gebe es zu, ich konnte nicht schwimmen. So ging ich unter, wie ein Stein, den man ins Wasser wirft. Natürlich hattest Du Deine Gründe gehabt, als Du gerade mich ausersehen hattest diesen Auftrag zu übernehmen, auch wenn ich selbst es mir nicht zutraute. Du kanntest mich besser als ich selbst. Ich war der Richtige. Und wenn ich es noch nicht war, so würdest Du mich tragen und halten. Ganz gleich wie der Ausgang aussähe. Du würdest mich nicht verlassen, sondern weiterhin begleiten. Wie töricht und blind ich doch gewesen war. Du hattest mir einen Auftrag erteilt. Ich hätte Nein sagen können. Stattdessen rannte ich davon wie ein kleines Kind, das etwas angestellt hatte und nun ertappt worden war. Du hattest mich ausersehen, um mich wachsen zu lassen, doch ich sah nur meine Kleinheit und meine Ohnmacht. Du zeigtest mir Dein Vertrauen und Dein Zutrauen, nur ich selbst vertraute mir nicht und traute mir nichts zu. Ich hatte nicht Ja gesagt, weil ich meinte, es nicht zu können. Ich hatte nicht Nein, gesagt, weil ich meinte, dass ich es nicht dürfe, weil ich es nicht wagte. Ich war einfach nur davongelaufen. Wie klein meine Gedanken doch waren, wie kurzsichtig mein Vorgehen. Recht geschah mir, dass ich jetzt hier in den Wellen verging.

Gerade hatte ich abgeschlossen. Ich vertraute mich den Wellen an und den Elementen, so wie ich mich zuvor Deiner Führung hätte anvertrauen können. Nun wurde ich dafür bestraft, ich sah es ein. Gerade als mir die Luft ausging und ich mich darin fand nun zu sterben, da wurde es plötzlich dunkel um mich. Wie in einem riesigen Strudel wurde ich eingesogen. Es war mir, als befände ich mich in einer riesigen Röhre, nur, dass das, wogegen ich prallte, weich und warm war. Immer weiter wurde ich gespült, bis ich auf etwas Weichem, Glitschigen zu liegen kam, aber das Wasser um mich war verschwunden, so dass ich wieder Atem schöpfen konnte.

An einem Punkt, an dem kein Ausweg mehr möglich scheint, da findest Du einen Weg mich in Sicherheit zu bringen. Dort, wo alle Hoffnung endet, da finde ich Rettung in Dir.

Du hattest den Wal geschickt, der mich verschluckte. Warm und weich und in Sicherheit. Doch was sollte weiter werden aus mir? Würde ich auch verdaut werden wie all die anderen Meeresbewohnter um mich? Nein, das konnte nicht sein, denn Du hättest mich nicht gerettet vor dem nassen Tod, um mich dann den Verdauungssäften des Wales auszusetzen. Du hättest gnädig den Mantel um mich gelegt, hättest Du gewusst, dass es Zeit wäre für mich diese Welt zu verlassen, doch stattdessen hattest Du mir den Wal geschickt, der mich retten sollte. Ich wusste nicht wie, aber ich tat nun nichts weiter, als mich zu überlassen, so, wie ich es von Anfang an hätte tun sollen, Deiner Führung und Deiner Fürsorge. Ich überließ mich vertrauend und zutrauend, dem, der mich rief, der den Ruf beibehielt und mich beim Namen nannte, der mich aufforderte und herausforderte, immer zu mir selbst, mehr zu sein, als ich war, immer mehr zu werden, zu wachsen und zu werden, so wie es vorgesehen war.

Und als der Tag kam, dass ich so weit war, das sprachst Du mir nichts anderes als Dein Zutrauen, dass ich es bewerkstelligen könnte. Nicht um mich zu unterdrücken, hattest Du mir diesen Auftrag erteilt, sondern um mir die Möglichkeit zu geben noch mehr zu werden, größer, stärker, sicherer. Doch ich hatte nichts davon bemerkt, von meinem eigenen Wachstum. Nur Dir war es nicht verborgen geblieben.

Ich war geflohen, vor Deinem Antlitz, zurück in die Namenlosigkeit, in die Unbestimmtheit, doch Du wolltest mich nicht verloren geben. Niemals gibst Du mich auf. Ich wusste es, nun wusste ich es, und der Wal spie mich aus, an den Strand, und die Sonne trocknete mich und meine Kleider, so dass ich zu Kräften kam und der Ruf erneut an mich erging, doch diesmal vermochte er mich auch wirklich zu erreichen.

27. Ich nehme es auf mich

SEINE Rede geschah zu Jona ein zweites Mal, es sprach: Steh auf, wandre nach Ninive, der großen Stadt, und rufe den Ruf ihr zu, den ich zu dir rede. Jona stand auf, er wanderte nach Ninive, SEINER Rede gemäß.[20]

Ein zweites Mal erging die Rede an mich. Ein zweites Mal gabst Du mir den Auftrag, und wenn ich mich recht entsann, mit eben denselben Worten wie beim ersten Mal. Ich war geflohen, beim ersten Mal, als ich diese Worte vernahm. Doch wovor war ich wirklich geflohen? War es der Auftrag gewesen? Warst Du es gewesen?

Es war weder Du noch der Auftrag, sondern ich war vor einer Entscheidung geflohen, die ich mir nicht zutraute. Du hattest mir das Zutrauen gegeben, in dem Moment, in dem Du die Worte sprachst, in dem Moment, in dem Du Dich mir zuwandtest, vom allerersten Augenblick an, warst Du Zutrauen und Vertrauen zu mir. Mit aller Schlichtheit. Mit aller Selbstverständlichkeit. Du hattest es zu erkennen gegeben, jeden Moment, den Du an meiner Seite warst, und Du warst es, jeden

---

[20] Jona 3,1-3a. Aus: Die Schrift, verdeutscht von Martin Buber gemeinsam mit Franz Rosenzweig. Gerlingen: Schneider, 1997.

Moment. Nur ich war entweder zu blind es zu bemerken, oder es war mir einfach zu sehr zur Gewohnheit geworden. Ich wusste es weder zu schätzen noch diesem Wert zu geben. Ich war zu sehr vertieft in mich selbst und mein eigenes kleines Ich. Der Blick, der nach außen gehen sollte, ging stattdessen nach innen, immer zu mir. Ich war blind, weil ich mir selbst die Augen zuhielt. Ich war taub, weil ich mir selbst die Ohren verstopfte. Ich war stumm, weil ich selbst die Lippen zusammenbiss. Kein Laut konnte entkommen. Kein Laut mein Ohr erreichen. Kein Lichtstrahl mein Auge erreichen. Kein Laut meine Lippen verlassen. Einzementiert in grotesken Narzissmus, und in den Schmerz des epochalen Ich-Verliebtseins. Träumerisch nahm ich mich als die Welt, die so endend war wie die Einfassung eines Regentropfens. Wollte ich mich aus dem Wasser, das mich trug erheben, abkapseln, einlarven, ohne, dass aus mir je etwas wurde, ganz ohne Entwicklung. Du ließt es und mich zu. Du hattest Geduld. Mit mir und meinem eigenen Erkennen. Und so lief ich davon. Letztlich vor der Gefahr der Veränderung, der Herausforderung zum Leben, wie so oft, einfach nur vor der Herausforderung zu sein.

Doch als ich ausgespien ward aus dem Wal, als Du mich ansprachst. Immer wieder hättest Du es versucht, denn Du meintest mich. Da wusste ich, dass ich den Weg gehen konnte, wusste es, weil ich ihn nicht allein ging. Du warst bei mir, als ich floh, als ich das Schiff bei herrlichsten Sonnenschein betrat, als der Sturm brauste und als ich im Magen das Wals geborgen war, immer warst Du bei mir, und als meine Kleider in der Sonne trockneten und meine wirren, durch den Sturm durcheinandergepeitschten Gedanken sich legten, da wusste ich es. Ich sah. Ich hörte. Ich sprach. Ich sah, dass Du um mich warst, schützend, haltend, bergend. Ich hörte, dass Deine Worte ein Zutrauen waren, zu gehen und zu vollbringen. Ich sprach, dass meine Antwort nun Zuwendung sein sollte, zu Dir, Deiner Namensgebung und zu Deinem Auftrag, und so trat ich den Weg an, den ursprünglichen. Ich hatte keinen Grund mehr zu fliehen, denn Du warst bei mir. Ich hatte keinen Grund mehr mich zu fürchten vor dem, was da kommen oder geschehen mochte, denn Du warst bei mir. Du würdest mir helfen die rechten Worte zu finden. Du würdest mich unterstützen meine Botschaft zu überbringen. Du würdest mir raten, wenn ich nicht weiter wusste. Du warst bei mir.

28. Die Botschaft

Jona begann in die Stadt hineinzugehen, eine Tageswanderung, und rief, er sprach: Noch vierzig Tage, und Ninive wird umgestürzt![21]

Ich erreichte Ninive, die Stadt, in der sich das Böse niedergelassen hatte. Die Menschen begingen jede Art von Schandtaten. Sie hatten auf den Ruf vergessen, der sie in die Einzigartigkeit des Menschseins herausgerufen hatte. Und dieser Ruf ist immer auch Auftrag in sich. So wie wir gerufen sind selbst zu sein, so ist es sogleich Beauftragung Dich in Deinem Selbstsein anzunehmen und zu befördern. Gabe und Auftrag, Auftrag und Gabe. Zusage und Verpflichtung, Verpflichtung und Zusage. Und ganz gleich welches Verbrechen es ist, letztlich erwächst alles Böse der einen Wurzel, dem Verlust der Namhaftigkeit und des Vermögens Du zu sagen, mit der Gesamtpersönlichkeit. Das Böse erwächst der Abwendung von Dir, der Verdinglichung der anderen Person und die Umwendung vom personalen Miteinander zu einer Beziehung zwischen Nutzer und Benutzen. Dort, wo ich Dich als Du selbst, in Deinem Eigensein aus dem Blick verliere, dort beginnt das

---

[21] Jona 3,4. Aus: Die Schrift, verdeutscht von Martin Buber gemeinsam mit Franz Rosenzweig. Gerlingen: Schneider, 1997.

113

Böse, das die Abspaltung forciert und die Gräben öffnet. Person wird zu Ding und das Ding, das wird nach seinem Gebrauchswert gewichtet, so wie eine Maschine oder ein Stuhl. Nichts mehr bist Du dann. Ein Stuhl. Mir zum Nutzen. Und wenn ich Dich niederdrücke, dann indem ich Dich benutze wie einen Stuhl.

Und so kam ich nach Ninive, den Menschen die Augen zu öffnen, denn was lange währt wird zur Gewohnheit. Trägheit. Vergessen, und der Blick, der das Gestern nicht kennt, ist blind für die Möglichkeiten des Morgens, so dass er sich stumpf und abgenutzt ewig im Gleich suhlt und vegetiert. Es bedarf der Stimme von außen, der Erinnerung an jene Zeiten, dass die Menschen aufschauen und nachdenken über das Elend des selbstverschuldeten Verlassen-seins, das Elend des vergessenen Mensch-seins. Doch ich kann nicht mehr als die Botschaft bringen. Wird sie ankommen? Wird es jemanden geben, der bereit ist die Ohren zu öffnen, sich abzuwenden vom derzeitigen Tun in eine neue Möglichkeit, in ein neues, wiedererstandenes Miteinander? Würde meine Mission Erfolg haben?

Der Ausgang war offen, doch ich hatte mich anvertraut. Ich sah die Menschen, nicht in ihrer Bosheit, sondern in ihrer Verlorenheit, sah sie in ihrer Einsamkeit. Nicht zurechtweisend und belehrend war ich, sondern zugewandt und ansprechend. Ich zeigte ihnen die Möglichkeiten und den Weg des Lebens, und sie bekamen die Zeit, Zeit zur Reife, zur Prüfung, zur Erziehung, bekamen Zeit sich wieder heranzutasten an das Lebendige. Ich war nicht der mit dem erhobenen Zeigefinger, sondern der, der die Hand reichte, und mitnahm. Ich überfrachtete sie nicht, sondern senkte meine Botschaft in ihr Herz wie einen Samen in die Erde, dass sie Wurzeln schlagen und wachsen konnten. Die Umkehr war eine je persönliche Entscheidung, nicht vorgegeben, sondern als Einladung.

Und in den vierzig Tagen war es, dass die Wurzeln sich verankerten und die zarte Pflanze der Erneuerung sich erheben und entwickeln konnte. Vierzig Tage zu wachsen und zu werden, zu erstarken und zu erblühen, und sie öffneten ihr Herz Annahme zu werden, öffneten ihre Hände, geleitend zu wirken, öffneten ihre Ohren die Worte des anderen zu vernehmen und öffneten ihre Augen den anderen als ihn selbst wahrzunehmen.

Und nach vierzig Tagen ward eine Wandlung, und das Böse, die Trennung vergessen, ward ein neues Miteinander, ein neues Verstehen und Annehmen. Vierzig Tage der Wandlung, so dass es keinen Grund mehr gab die Stadt zu zerstören, und der, der uns in die Lebendigkeit des Lebens rief, sah es mit Wohlwollen. Betrübt verließ ich die Stadt. Es gab für mich nichts mehr zu tun. Ich hatte es angefangen, und doch ward ich der Ausgeschlossene. Oder hatte ich mich ausgeschlossen?

29. Ausgeschlossen

Gott sah ihr Tun, dass sie umkehrten von ihrem bösen Weg, und leid wards Gott des Bösen, das ihnen zu tun er geredet hatte, und er tat es nicht.[22]

Vierzig Tage ging ich durch die Straßen Ninives. Wisst ihr es denn nicht mehr, dass ihr berufen seid, aus der Namenlosigkeit in die Bestimmung? Wisst ihr denn nicht mehr, dass ihr ins Miteinander berufen sind? Und zunächst trat Verwunderung in den Blick. Worüber sprach der, der im Auftrag dessen, der uns mit Namen rief, entsandt war? Was war der Sinn, der Inhalt seiner Botschaft? Es war, als wären sie in Trance, einem tiefen, traumlosen Schlaf des Dinglich-seins verhaftet. Und meine Worte kratzten zuerst nur an der Oberfläche. Sie hörten, aber verstanden nicht, zu Anfang. Nach und nach durchdrangen meine Worte den dicken Panzer der Apathie, den sie sich über die Jahre zugelegt hatten, scheibchenweise fiel er von ihnen ab, und die Haut kam zum Vorschein, junge, gesunde, rosige Haut, und ihre Ohren wurden frei.

---

[22] Jona 3,10. Aus: Die Schrift, verdeutscht von Martin Buber gemeinsam mit Franz Rosenzweig. Gerlingen: Schneider, 1997.

Die ersten Tage verstrichen, die ersten dieser vierzig, die ich durch Ninive strich und unermüdlich meine Botschaft verkündete, und langsam fand sich wieder Leben in ihren Augen, so dass ich weitersprach, ohne mich beirren zu lassen, während all der vierzig Tage. Die Ohren öffneten sich, so dass die Worte ankommen konnten, die Augen öffneten sich, dass sie sahen, und der Mund öffnete sich, dass sie antworteten. Aus den Verstrickungen in sich selbst erwachten sie in die Offenheit. Waren sie stumpf und unzugänglich gewesen, so rüttelte ich an ihnen bis sie daraus hervorstiegen, aus der Nichtigkeit und Selbstbezogenheit in ein neues Verstehen. Ja, es war einmal gewesen. Von Ferne kam die Erinnerung zurück, und auch daran, wie reich und erfüllt das Leben damals war, in der Namhaftigkeit, und wahrhaftig, ich erreichte sie. Es gelang mir. Tag um Tag, Nacht und Nacht, mit aller Kraft, mit allem Vertrauen, verbreitete ich diese Botschaft, war ich die Botschaft, denn ich selbst ward ein Gerufener, der dem Wort der Freiheit zunächst widersprochen hatte. Aus Angst? Aus Bequemlichkeit? Ich wurde dennoch eingeholt und befreit. Das wollte ich weitergeben. Ich wollte wohl auch ein Musterschüler sein, und nach und nach folgten mir die Menschen, folgten mir, indem sie mich hörten, bis sie zum Verstehen vordrangen.

Und das Verstehen lenkte ihren Blick auf die
Menschen neben ihnen und sie fanden sich
wieder ein in ein erfülltes Miteinander, denn sie
folgten meinen Worten auch in ihren Taten.
Abkehr forderte ich von ihnen, vom Bösen, aus
der Namenlosigkeit, der stumpfen Verlorenheit
in ein Verstehen, das zur Tat wird, das Tat ist,
und Zuwendung und anpackendes Miteinander,
das die Hand reichen lässt, den Weg gemeinsam
weiter zu gehen. Ich musste erleben, dass die
Menschen sich bekehrten in diesen vierzig
Tagen. Ich hatte Erfolg. Bald würden sie mich
nicht mehr brauchen. War ich doch nicht mehr
als der Bote, der die Botschaft brachte, vom
nahenden Ende, und diese hatte ich ihnen
gegeben, die Botschaft und die Zeit zu reifen,
sich zu prüfen, sich zu erziehen. Und sie hatten
sie genutzt. Alles würde gut gehen. Ninive würde
weiter bestehen, würde nicht vernichtet, weil
ich Erfolg hatte, und mit meinem Erfolg machte
ich mich selbst überflüssig.

Ich war froh, dass es so war, doch ich fühlte
mich benutzt und ausgeleert, denn die
Menschen bedankten sich wohl, aber dann
wandten sie sich einander zu und vergaßen auf
mich, als hätte ich niemals existiert. Ich hatte
meine Schuldigkeit getan. Ich konnte gehen. Und
Groll wuchs in meinem Herzen. Nein, es war
kein Erfolg, es war ein Verlust im Erfolg, den ich

erzielt hatte. Ich hatte mich selbst überflüssig damit gemacht. Und ich zog mich zurück, schmollend und desillusioniert, und dabei hatte ich es doch gewusst, von allem Anfang an gewusst, dass ich derjenige sein würde, der verliert, seinen Wert und seine Würde, an den Undank der Welt. Hättest Du mich doch niemals berufen. Hättest Du mich doch niemals gesehen, dann wäre ich verblieben, und hätte mich niemals verschenkt.

30. Zorn

*Das erboste Jona, einer großen Erbosung, es
entflammte ihn, er betete zu IHM, er sprach:
Ach, DU! war nicht dies meine Rede gewesen, als
ich noch auf meinem Boden war? deswegen wollte
ich zuvorkommen, nach Tarschisch zu flüchten!
Ich wusste ja, dass du eine gönnende und
erbarmende Gottheit bist, langmütig, reich an
Huld und leid wird's dir des Bösgeschicks.*[23]

Ich erboste, ja, das tat ich, weil ich mich leid sah.
Elend und Verderben hätte über Ninive kommen
sollen. So hattest Du es gesagt, doch dann
machtest Du einen Rückzieher. Natürlich
machtest Du das, denn das Du, das abfällt in die
vorangegangene Namenlosigkeit, das sich
abwendet und flieht, in die dingliche Welt, in
eine Welt der Geschäftigkeit, die keinen Blick für
den anderen kennt und kein Wort außer Befehl
und Unterordnung, den fordertest Du zu sich
selbst heraus, indem Du ihn durch mich
erinnertest. Und da er aufsah, sein Treiben, in
das er sich verlor bei Seite schob und verstand,
kehrte er zurück in die Namhaftigkeit, schenkte
er sich selbst die Möglichkeit zurück zu hören.
Nichts weiter ist nötig als aufzublicken zu dem

---

[23] Jona 4,1f. Aus: Die Schrift, verdeutscht von Martin Buber
gemeinsam mit Franz Rosenzweig. Gerlingen: Schneider,
1997.

fernen Horizont, der das Leben bedeutet, und die Sonne ward hell und klar wieder, und die Menschen freundlich und zuversichtlich. Ja, Hoffnung, Zuversicht und Vertrauen schenkt es, das Wort, das nochmals ergeht, und das die Möglichkeit schafft umzukehren, herauszufinden aus dem Bisherigen in ein Neues. Nicht nur, dass Du ihnen diese Chance eröffnetest, Du gabst ihnen auch die nötige Zeit zu begreifen.

Vierzig Tage zu reifen, sich zu prüfen, sich zu erziehen, und wahrhaftig, sie nutzten diese Zeit und fanden zurück zur Annahme, so dass es weit über die Stadt erscholl. Ein Herold hätte nicht solche Wirkung getan, nicht ein Beben, nicht ein Sturm, nicht ein Feuer, aber Deine Stimme, die vorüberzog im verschwebenden Schweigen, umwehend, umfassend, leicht und warm und belebend, das genügte, dass die Menschen aufsahen und sich bekehrten.

Ich war nichts weiter als Dein Handlanger, Dein Vasall, Dein Diener, der doch nichts tat. Sie hörten mir zu. Ich entfernte die Verkrustungen und verlebten Züge aus ihrem Antlitz. Sie ließen ab von Frevel und Bosheit, doch letztlich war nicht ich es. Du hast es getan, so wie Du alles tust. Und jetzt, jetzt sind sie wieder auf dem Pfad des Miteinander. Wozu hast Du mich zu solchem

Dienst geholt, wenn es doch nicht mehr war als ein Ablenkungsmanöver? Warum hast Du mich in solche Schmach gezerrt? Für die Menschen in der Stadt warst Du bereit, doch für mich nicht. Du hast mich schändlich im Stich gelassen und nur noch ihnen zugewendet. So ist die Stadt verschont geblieben, aber für meinen Untergang hast Du gesorgt. Ich habe alles hinter mir gelassen, nur dass ich jetzt fliehen muss, weil es mich nicht duldet in dieser Stadt der Umkehr. Warum hast Du mich nicht belassen können in meinem eigenen Leben? Warum hast Du Dir nicht irgendeinen anderen ausgesucht, der sich darin geschickt hätte, irgendeinen Idioten, der bloß die Schultern zucken hätte lassen und den Staub von seinen Füßen abklopfte, wenn er gegangen wäre? Warum war ich das Ziel Deiner Demütigung, dass ich die Schmach jetzt trage, eine Schmach, wie Kain sein Mal, dass es jeder sehen möge, so dass ich keine andere Wahl habe als hier in der Wüste, in der Einsamkeit zu verbleiben?

Aber immer noch lässt Du mich nicht in Ruhe mit Deinen Spielchen, schenkst mir eine Staude, die mir Schatten spendet, lässt sie wachsen, bloß um sie wieder verdorren zu lassen, dass ich verschmachtend verderbe, hier am Grund meines Elends, und Du hast vielleicht noch Freude daran. Ich dachte, mein Name sei Dir bekannt und Du nahmst mich an, als in Deinem Namen seiend und werdend, aber nichts von alle dem. Einsam und verlassen werde ich hier elend vergehen, wie die Staude, und wie es Ninive gebührt hätte.

31. Verstehen

ER aber sprach: Dich also dauerts der Staude, um die du dich nicht gemüht hast, die du nicht hast großgezogen, die als Kind einer Nacht ward und als Kind einer Nacht schwand! Mich aber sollte nicht dauern Ninives, der großen Stadt, darin es mehr als zwölf Myriaden von Menschen gibt, die zwischen Rechts und Links nicht wissen zu unterscheiden und Getiers die Menge?![24]

Vielleicht war es amüsant, ein wenig, wie Du auf mich herabsahst, wie ich haderte vor Deinem Antlitz, mit einem Schicksal, das Du mir aufgeladen hattest. Vielleicht warst Du auch mir gegenüber milde gestimmt, wie den Myriaden von Menschen und dem Getier in Ninive gegenüber. Wusste ich doch, dass Du voller Güte und Langmut bist, doch ich sah mich leid Deiner Anweisung gefolgt zu sein. Doch mehr noch als diese Schmach, gabst Du und nahmst Du. Doch auch wenn ich saß, verloren und verlassen in meinem Elend in der Wüste, in der ich zu vertrocknen drohte, ohne das kleinste bisschen Schatten, selbst da bliebst Du bei mir. Trotzig wälzte ich mich im Sud meiner eigenen, kleinen,

---

[24] Jona 4,10f. Aus: Die Schrift, verdeutscht von Martin Buber gemeinsam mit Franz Rosenzweig. Gerlingen: Schneider, 1997.

sich im Kreis drehenden Gedanken, und dennoch bliebst Du bei mir.

Ich konnte es noch immer beobachten, das Treiben in Ninive, das Tun der Menschen, die sich nun wieder so verhielten, dass es dem Leben zuträglich war, doch ich selbst sah mich ausgeschlossen und vergrämt. Dennoch sandtest Du Deine Worte zu mir, umfasstest mich mit Zärtlichkeit und Annahmebereitschaft wie eine Mutter ihr Kind, doch ich musste es zulassen. Mit Geduld wartetest Du auf den Moment, da ich bereit war, den Moment, da ich in der Lage war Deine Worte aufzunehmen. Und da Du gewahrtest, dass ich so weit war, erklärtest Du mir, wie es sich verhielt, dass Du die Staude wachsen ließt, dass ich das Bedauern über deren Absterben erfahre. Um wie viel mehr hättest Du um eine Stadt, um Myriaden Menschen getrauert, die untergegangen wären, und Du hattest sie alle begleitet, jeden einzelnen in die Namhaftigkeit und die Lebendigkeit des Lebens berufen. Um wie viel mehr wäre Deine Trauer gerechtfertigt gewesen, um die, die Du vom ersten wachen Moment, bis ins hohe Alter begleitetest, umsäuseltest mit dem Windhauch Deines lebenbringenden Atems.

Und mein Blick weitete sich in das Verstehen. Ja, vielleicht war es nicht mein Verdienst, aber Du hattest es mir zugetraut und anvertraut, dass ich die Menschen dazu bringen konnte aufzusehen. Und wenn sie sich zuwandten, einander wieder, sehend, hörend, sprechend, verstehend, dann war es vielleicht nicht mein Erfolg, aber ich hatte mitgeholfen den Weg zu ebnen, der zu diesem Neuen, zu dieser Wiederbelebung führte.

Ich war nicht einfach nur ein Werkzeug, sondern der, dem Du Dein Vertrauen und Dein Zutrauen geschenkt hattest. Es war ein Miteinander, in das Du mich holtest, in dem jeder seinen Part nach seinen Kräften erfüllte. Und es war gut, dass Ninive bestand und das Leben sich weiterhin darin fand und Heiterkeit und Lachen und Würde. Es war gut, dass das Getier in dieser Stadt weiterhin war und lebte, je nach seiner Art. Es war gut das Leben neu zu entdecken, und wenn mein Anteil daran noch so klein war, so war es doch ein Anteil, den Du mir gabst, und ich habe ihn erfüllt, und so sollte ich mich nun nach vorne wenden, weg von meiner Nabelschau, den Fuß zu setzen, den Weg zu gehen, von dem ich weiß, dass Du mich begleitest, sanft umwehst, behütet, geschützt und ummantelt.

32. Vorbereitung

Erfüllt vom Heiligen Geist, verließ Jesus die Jordangegend. Darauf führte ihn der Geist vierzig Tage lang in der Wüste umher, und dabei ward Jesus vom Teufel in Versuchung geführt.[25]

Es war an der Zeit. Drei Jahrzehnte hatte ich als normaler Mensch unter normalen Menschen gelebt und war meiner Beschäftigung nachgegangen. Ein Handwerk hatte ich erlernt und es ausgeführt. Ich war in die Fußstapfen meines irdischen Vaters getreten, sorgte für meine Familie und mich. Es war eine Zeit der Vorbereitung. Nur wer versteht kann auch etwas ändern. So lernte ich das Leben der Menschen von Anfang an als ihresgleichen unter ihnen, lernte ihre Sorgen und ihr Leid, aber auch ihr Glück und ihre Freude zu verstehen. In aller Stille war es vor sich gegangen. Es ist nicht schwer sich einzufinden in das Allgemeine, in die Beschaulichkeit eines Lebens ohne Aufsehen und ohne Ecken und Kanten, das keinen Anlass gibt zur Klage oder sozialem Missfallen. Einen Tag um den anderen. So wie es war. Mit aller Einfalt und auch Stumpfheit. Man gewöhnt sich,

---

[25] Lk. 4,1-2a. Aus: Die Bibel in der Einheitsübersetzung der Heiligen Schrift. Hg. von Interdiözesanen Katechetischen Fonds. Verlag Österreichisches Katholisches Bibelwerk Korneuburg.

vor allem an das immer wieder kehrende, bis man meint, es ist so und wird auch niemals anders sein. Inmitten der Menschen, denen man sich zugehörig fühlt, inmitten der Aufgaben, die man zu erfüllen hat. Man hat sich verpflichtet, den Menschen und den Aufgaben. Man hat sich bereit erklärt diese zu übernehmen und auszufüllen, nach besten Kräften, und diese Verpflichtung kann man zwar für sich selbst eingehen, aber entbinden kann man sich nicht mehr selbst. Man kann nicht einfach fortgehen und alles liegen und stehen lassen, die Menschen verlassen, die sich auf einen verließen. Wenn man einen Platz einmal eingenommen hat, so hat man ihn gefälligst zu erfüllen, bis zum Ende. Es gibt kein Wenn und kein Aber, keine Rechtfertigung, die stark genug wäre um andere im Stich zu lassen. Alles war immer so, und alles musste so bleiben.

Doch es erging der Ruf an mich, das sanfte Wehen, das mich von Anfang an begleitet hatte, das mich niemals verließ, das zeigte mir an, dass es Zeit ward. Ich nahm Abschied vom Vertrauten. Ich nahm Abschied von den Menschen, die ich meine Familie nannte und trat meinen Weg an. Es kann doch nicht sein, dass er das einfach so macht, hieß es da, dass er seinen Platz einfach verlässt und sich anderem zuwendet, doch ich tat es. Verstehend den Ruf des verschwebenden Schweigens, das mich umwehte, das mich durchdrang. Doch ich war erst am Anfang.

Ich folgte, indem ich mich auslieferte, weg aus dem Bisherigen, in die Einsamkeit der Wüste, vierzig Tage, zu reifen, mich zu prüfen und zu erziehen, dass ich den Weg bewältigen könne, der noch vor mir lag. Vierzig Tage, durchdrungen von der Stimme des verschwebenden Schweigens, die da war, von Anbeginn der Zeit, die nun mit mir war und mich stärkte und wappnete, die mich niemals allein ließ, und mich doch auf diese absolute Einsamkeit vorbereitete.

Der erste Schritt ist Vorbereitung auf das Eigentliche, auf die Aufgabe, die mein Leben, mein Dasein bestimmte. Und als ich bereit war, da trat der Verführer auf mich zu und versuchte sich daran mich abzubringen von dieser Vorgabe, mich zu prüfen, ob die Zeit der Reifung Früchte getragen hatte. Es war der Eintritt in den Weg der Unvorhersehbarkeit, einen Weg, von dem ich nicht wusste wo er endet. Ganz anders als das Bisherige, völlig entfernt meiner bisherigen Lebenswelt, und doch ausgezeichnet als der meine, als der, der für mich Sinn machte.

Am Anfang steht immer die Wüste, Sinnbild für das Allernotwendigste und die Entfernung vom menschlichen Treiben und Geschäftigkeit. Da wo es nichts gibt, das ablenkt und wohl auch nichts, das einschränkt, war es mir bestimmt zu beginnen.

33. Leiblichkeit

Die ganze Zeit über aß er nichts; als aber die vierzig Tage vorüber waren, hatte er Hunger.[26]

Vierzig Tage und vierzig Nächte führte mich diese Stimme, die mich durchdrang, durch die Wüste, führte mich über all die Zeit durch die Abgeschiedenheit, und ich war Öffnung und Ankunftsort für das Wort, das es sprach, unablässig und immerzu, das nirgends sonst so gut vernehmbar ist, wie in der Stille der Wüste, die keinen menschlichen Laut kennt, in der Stille der Abgeschiedenheit und der Offenheit des Raumes. Ich spürte sie in mir, hörte sie und gab es kund, dass ich verstand, was sie mir war und was sie mir ist. Erfüllt war ich bis ins Innerste, so dass die Leere um mich keinen Zugang in mich hatte, so dass ich unbegrenzt wachsen und reifen konnte, wie eine Blume in der Stille der Abgeschiedenheit am besten gedeihen kann, wenn kein Mensch Hand an sie legt, sie nicht verbiegt und nach seinem Willen formt. Achtsamkeit und Verstehen durchflossen mich und machten mich reich und unabhängig. Die Zuflüsterungen, die Ablenkungen der Welt

---

[26] Lk. 4,2b. Aus: Die Bibel in der Einheitsübersetzung der Heiligen Schrift. Hg. von Interdiözesanen Katechetischen Fonds. Verlag Österreichisches Katholisches Bibelwerk Korneuburg

konnten mir nichts mehr anhaben. Ich ward
gestärkt, ward erfüllt, und als die Stimme
wusste, dass ich stark genug war, da verließ sie
mich, erstmals in diesen Tagen, zog sich aus mir
zurück, doch das Verlassen war kein absolutes,
noch nicht, doch in mir erwachte eine Leere,
etwas, das gefüllt werden sollte. Es war der
Hunger, doch nicht der Hunger nach irdischer
Speise, sondern nach dem Wort, das mich
durchflutet.

Wer darum weiß, der wird es immer vermissen,
wird sich immer leer fühlen, wenn es sich ihm
entzieht, doch ich musste für mich herausfinden
ob ich standhielte, wenn der Verführer an mich
herantrat und mich lockte, mit süßen Speisen.
Nichts würden sie füllen als meinen Magen, und
doch wusste ich durch meine Schwächung
hindurch, dass ich mehr war als Leiblichkeit, so
sehr es mich auch in diese zog, so sehr sie auch
drohte die Oberhand zu gewinnen, doch ich
konnte ihm erhobenen Hauptes entgegentreten,
eingedenk dessen, dass es nicht irdische Speise
war, nach der ich lechzte, sondern nach dem
Durchdrungen-sein durch das Wort, das mir
Leben war, das das Einzige war, das mir Leben
war.

Doch er hielt sich nicht damit auf. Er zeigte mir
die Pracht und die Vielfalt der Welt, die so

betörend und verführerisch wirkte vor meinem
Auge, das mich einlud mich darin zu verlieren
und umschmeicheln zu lassen, doch ich wusste,
dass selbst das Schönste und Prächtigste dieser
Welt nur Windhauch war, selbst durch meine
Schwächung hindurch, die ward, da sich das
Wort des Lebens aus mir zurückgezogen hatte.
Nichts hatte Bestand, als dieses Wort. Nichts
hatte Wert, als dieses Wort. Und so kehrte ich
mich ab von Glitzer und Tand und überließ es
dem Verführer seine Schönheiten zu genießen,
doch es war nicht mein Genießen, nicht mein
Glück. Zuletzt noch.

Zuletzt noch forderte er mich auf, das Wort, das
mich hütete, selbst herauszufordern, es
aufzufordern mir Rettung zu sein, doch auch
durch meine Verlassenheit hindurch, die mich
bis ins Innerste schwächte, wusste ich, dass ich
gehalten ward. Von Ferne, durch meine
Vernebelung hindurch ward ich noch immer der
Gewissheit gewahr, die von Dir ausging, von
allem Anfang an, von Dir, der Du mich selbst als
mich selbst berufen hattest, und ich wusste mich
abzuwenden von der Versuchung, die sich mir
zeigte, und als ich die Versuchung hinter mir
gelassen hatte, da kehrte es in mich zurück, das
Wort, durchdrang mich aufs Neue, und führte
mich aus der Wüste, zurück zu den Menschen,
damit ich ihnen vorangige, den Pfad zu weisen,

134

jenen, die das Wort vernahmen und verstanden und mir folgen wollten. Ich ward zu meiner Aufgabe gereift, bereit sie zu erfüllen.

34. Mittelmaß

Danach zog Jesus in Galiläa umher; denn er wollte sich nicht in Judäa aufhalten, weil die Juden darauf aus waren, ihn zu töten.[27]

Wunder hatte er gewirkt. Die Menschen hatten es gesehen. Nicht, dass es für Ihn notwendig gewesen wäre, denn Er wusste um Seine Bestimmung und Seine Herkunft, aber die Menschen sind klein und geduckt, weil sie sich klein und geduckt halten lassen, von der Obrigkeit, die ihnen sagt was sie zu tun haben. Statt selbst zu sehen. Selbst zu hören. Selbst zu verstehen. Sie wagen es nicht mehr ihren eigenen Sinnen zu vertrauen, weil ihnen allzu lange gesagt wurde, dass ihre eigenen Empfindungen nichts taugten. Ja, als Kinder, da waren sie unbekümmert, sahen, hörten und verstanden mit kindlicher Unbekümmertheit und Selbstverständlichkeit, doch dann wurde ihnen gesagt, dass das nicht stimme. Zuerst waren sie verwirrt, stutzen vielleicht, doch die, die das sagten, hatten sich als Autoritäten ausgewiesen. Konnten sie es denn wagen an diesen Autoritäten zu zweifeln? Und vor allem,

---

[27] Joh. 7,1. Aus: Die Bibel in der Einheitsübersetzung der Heiligen Schrift. Hg. von Interdiözesanen Katechetischen Fonds. Verlag Österreichisches Katholisches Bibelwerk Korneuburg

wenn alle das gleiche sagten, dann musste das doch stimmen, und so begannen sie sich von ihren eigenen Gedanken zu distanzieren, ihren eigenen Empfindungen zu misstrauen, bis sie die Gedanken, die ihnen eingetrichtert wurden für ihre eigenen hielten und die aufoktroyierten Empfindungen für echt. Doch was bleibt vom Menschen, wenn ihm seine Gedanken und Empfindungen genommen werden?

Er reiht sich ein in die lange Reihe des Mittelmaßes, geht den Mittelweg und lebt ein Mittelleben. Doch dann kam Er, der ihnen sagte, hört mir zu, doch hört es mit euren eigenen Ohren, und nicht mit dem Filter, der euch eingesetzt wurde. Seht mich an, doch seht mich mit euren eigenen Augen, und nicht mit den Scheuklappen, die euch aufgezwungen wurden. Versteht meine Worte, doch versteht sie mit euren eigenen Gedanken, und nicht mit denen, die euch aufgebürdet wurden.

Da war einer, der widersprach, der vor den Kopf stieß, und dieses Gebäude aus Lügen zum Einsturz brachte, der die Wahrheit hinter der Fassade aufdeckte, der die Menschen meinte und nicht die glanzlose Hülle, die der Manipulation anheimgefallen ist. Sie verkünden die Wahrheit und sind doch durch und durch Falschheit. Sie predigen die Tugend und frönen doch den Lastern. Sie versprechen euch Freiheit und nehmen euch in ihre Knechtschaft. Ihr wagt es nicht den Kopf zu heben und zu widersprechen. Zu mächtig sind sie. Ihr fürchtet um euer Auskommen, um Leib und Leben, wenn ihr nicht befolgt, was euch die Obrigkeit sagt, aber Er wagte es. Das Volk wurde hellhörig. Waren wir dafür aus Ägypten geflohen, aus der Knechtschaft, um nun in der Knechtschaft der eigenen Leute zu landen? Doch da war der, der ihnen das Joch abnahm, und sie von falschen Propheten und Lehren befreite. Das machte denen Angst, die sehr gut lebten von der Unterwürfigkeit der Menschen. Er machte ihnen Angst, weil Er sich nicht klein machen ließ und vor ihnen duckte, sondern ihnen hoch erhobenen Hauptes entgegen trat, ihnen die Stirn bot und hinter die Fassade blickte. Das konnten sie nicht dulden. Und weil die Macht auf ihrer Seite stand, musste er fliehen, denn es war noch nicht die Zeit gekommen zu sterben, doch ein erster Schritt war getan.

Die Menschen waren aufgerüttelt. Einige folgten Ihm, auch in die Emigration, folgten Ihm, denn Er war es, der ihnen die Kraft schenkte durchzuhalten, der ihnen die Angst nahm und ihnen zeigte, dass ihre Gedanken und Empfindungen richtig waren, dass sie in der Lage waren aufrecht zu gehen und selbst zu sein. Auch Er hatte sie beim Namen gerufen, zu sich, in ein freies, erfülltes Leben.

35. Wer ist Er?

Die Juden suchten beim Fest nach ihm und sagten: Wo ist er? Und in der Volksmenge wurde viel über ihn hin und her geredet. Die einen sagten: Er ist ein guter Mensch. Andere sagten: Nein er führt das Volk in die Irre.[28]

Die meisten Menschen führen ein langes Leben in tiefem Schlaf, ein Leben, das sie nicht selbst bestimmen, sondern sich von anderen bestimmen lassen, weil es so viel einfacher ist. Nur nicht auffallen, brav kuschen und unterwerfen. Dann hat man auch nichts zu befürchten.

Es hatte einmal eine egalitäre Gesellschaft gegeben. Man setzte sich zusammen und beredete alles miteinander, bis eine Lösung gefunden worden war, die für alle passte. Keine faulen Kompromisse, keine lauwarmen Einläufe, sondern echte, lebbare Lösungen, doch das Volk wuchs, und umso mehr sie wurden, desto schwieriger wurde die Entscheidungsfindung. Sie begannen nach einer Obrigkeit zu verlangen, nach einem König, einem, der ihnen die

---

[28] Joh. 7,11f. Aus: Die Bibel in der Einheitsübersetzung der Heiligen Schrift. Hg. von Interdiözesanen Katechetischen Fonds. Verlag Österreichisches Katholisches Bibelwerk Korneuburg

Entscheidungen abnahm, auch für ein eigenes Leben. Da gibt es doch Männer, die klüger sind und mehr Weitblick haben.

Ich muss meine Schafe versorgen und meine Felder bestellen und meine Frau bewachen. Ich habe keine Zeit dafür. Soll der das doch für mich entscheiden. Und so bekamen sie die Obrigkeit, nach der sie verlangten, und während sie ihre Schafe versorgten und die Felder bestellten und ihre Frauen bewachten, weitete der König seinen Einflussbereich immer mehr aus. Er traf bald nicht mehr nur die Entscheidungen, die für das gesamte Volk notwendig waren, sondern er traf sie auch für ihr Leben. Immer mehr Vorschriften wurden aufgestellt, immer enger wurde der Kreis, in dem sich die Menschen bewegen durften. Doch das schaffte der König nicht allein. Er brauchte Beamte, die seine Entscheidungen exekutierte, brauchte ein Heer, das seine Macht sicherte, nicht nur nach außen, sondern vor allem auch nach innen. Und wer nicht seiner Meinung war, der wurde inhaftiert, so dass deren Aufmüpfigkeit nicht auf andere übergreifen konnte, denn es handelt sich um eine sehr ansteckende Krankheit.

Doch dann kam Er, der die Machthabenden in ihren Grundfesten erschütterte. Nicht durch Gewalt, sondern durch Sanftmut und Güte, durch die Wahrheit, und weil sie es nicht zulassen konnten, musste Er sich vor den Schergen der Macht in Sicherheit bringen. Aber er hatte etwas ausgelöst, in allen, die Ihn gesehen hatten, in allen, denen über Seine Taten und Seine Worte berichtet wurde. Niemand konnte Ihm gegenüber gleichgültig bleiben. Er veränderte etwas in ihnen, das sie nicht so recht zu deuten vermochten, das ihnen auch Angst machte, wie einem Löwen, der in einem Käfig geboren wurde und niemals die Freiheit gesehen hat, plötzlich erkennt, dass es sie gibt. Man meint, er freut sich darüber, doch er kann damit nicht wirklich umgehen, weil er sie nicht kennt. Er kennt nur die Gefangenschaft, so wie die Menschen, denen Er begegnete, nur die Gefangenschaft kannten und nun Angst bekamen, vor einer Freiheit, die so umfassend sein soll, und doch auch Halt und Wärme versprach. Es war schwer für sie sich vorzustellen, dass es so etwas geben konnte, dass es so etwas für sie geben konnte.

Nur der Zuwendung bedurfte es. Nichts weiter, und doch erforderte es ihren ganzen Mut. Auflehnung gegen die religiöse Obrigkeit. Auflehnung gegen die staatliche Obrigkeit. Es klang alles so gefährlich. Manche wagten den Schritt, denn sie vermochten sich Ihm anzuvertrauen, weil sie erfuhren, dass Er die

Freiheit brachte. Andere jedoch, bei denen die Angst die Oberhand behielt, die behaupteten, dass Er das Volk in die Irre führte, und Er ließ sie gewähren, denn Er verlangte eine echte Entscheidung, eine freie Entscheidung – auch wenn sie sich gegen Ihn entschieden, so war es ihre Entscheidung. Doch es waren immer noch genug, die ihre Schafe hüteten und ihre Felder bestellten und ihre Frauen bewachten. Es war ihnen genug. Mehr Freiheit ertrugen sie nicht.

36. Ankündigung

Ein andermal sagte Jesus zu ihnen: Ich gehe fort, und ihr werdet mich suchen, und ihr werdet in eurer Sünde sterben. Wohin ich gehe, dorthin könnt ihr nicht gelangen.[29]

Da war so viel Aufbruchsstimmung gewesen. Sicher, wir mussten uns vor der Obrigkeit verstecken und um unser Leben fürchten. Wie wenig doch genügt, die Herren, die die Macht in Händen halten nervös zu machen. Mit Gewalt würden sie sie verteidigen, doch wir waren zuversichtlich. Wenn Er uns leitete und uns Mut machte, dann würden immer mehr und mehr Menschen angesteckt werden, und was wollten die Mächtigen dann noch gegen uns ausrichten. Würden sie uns alle töten? Nein, das würden sie nicht wagen. Wir waren zu viele. Vielleicht würden sogar der eine oder andere von ihnen auf unsere Seite wechseln. Nicht alle sind verblendet. Es gibt auch unter ihnen welche, die es gut meinen mit den Menschen, die nachdenken über ihre Taten und die Richtung wechseln, wenn es notwendig ist, weil es das Richtige ist. Aber wir waren bereit. Nach der

---

[29] Joh. 8,21. Aus: Die Bibel in der Einheitsübersetzung der Heiligen Schrift. Hg. von Interdiözesanen Katechetischen Fonds. Verlag Österreichisches Katholisches Bibelwerk Korneuburg

langen Zeit, die wir im Dunkeln herumirrten, da
war Er gekommen, hatte uns verheißen, dass
das Leben besser würde, dass wir uns nicht
mehr unterwerfen müssten. Er versprach uns
das Leben in Fülle, und wir vertrauen uns Ihm
an. Egal wohin Er gegangen wäre, wir wären an
Seiner Seite geblieben, denn es gab kein Zurück
mehr, wenn man einmal die Freiheit erlebt
hatte, wenn man sah, dass es auch anders gehen
konnte. Wir hatten uns Ihm anvertraut, und
waren überzeugt, Er würde uns nicht
enttäuschen, uns nicht im Stich lassen.

Niemand von uns hatte je solch einen
Zusammenschluss unter freien Menschen erlebt.
Es war ein völlig neues Lebensgefühl, als wären
wir neu geboren worden. Die Welt, alles
erschien uns neu und unberührt. Nichts konnte
uns passieren. Wir fühlten uns stark und
unbesiegbar, doch nur mit Ihm, der uns leitete
und führte. So hatten wir uns um Ihn
versammelt zu jener Stunde.

Ich stand ein wenig abseits, am Rande der
Gruppe. Wir warteten darauf, dass Er zu uns
sprechen würde, uns weiterhin Mut machte,
doch dann kündigte Er es uns an, dass Er fort
ginge. Zuerst verstand ich nicht richtig. Er war
schon öfter fortgegangen, hatte sich
zurückgezogen, und jedes Mal kehrte Er zurück,

doch diesmal war es anders. Er meinte, wir würden Ihn nicht finden, wenn wir Ihn suchten, wir würden Ihn nicht erreichen können. Es klang so endgültig. Sterben würden wir in unserer Sünde. Wie konnte Er nur? War es das gewesen, nach all den Entbehrungen und all den Anfeindungen, die wir um Seinetwillen erlitten hatten, würde Er einfach so weggehen, und uns alleine lassen, ganz ohne Aussicht. Er hatte uns vorgegaukelt, dass es anders werden würde, und dann würde Er uns verlassen, einfach so. Konnte das denn sein? Hatte ich das wirklich gehört, oder hatten mich meine Ohren getäuscht? War es derselbe, der uns aus unserem Elend geholt hatte, der dem Sünder verzieh und wieder mit hinein nahm in die Begegnung? War es derselbe, der in Seiner Liebe und Zuwendung so bedingungslos und ohne Vorurteile gewesen war? War das der Mensch, den wir kannten?

Und ich verstand die Worte, aber nicht den Sinn. Ich verstand die Botschaft, aber nicht die Bestimmung. Er hatte uns alle hinters Licht geführt, hatte uns was vorgespielt, um uns dann nur noch tiefer ins Elend zu stürzen. Enttäuscht wendete ich mich ab. Niemals wieder würde ich jemandem vertrauen, der mir etwas Besseres versprach. Niemals wieder würde ich mich so in die Irre führen lassen, niemals mehr täuschen lassen, schwor ich mir. Wie konnte ich nur so dumm gewesen sein, mich auf den einzulassen?

Ich senkte mein Haupt und verhüllte es, denn ich schämte mich vor der Welt. Und ich hatte den Platz schon fast verlassen, da hob ich die Augen nochmals und ich fand in fremde Augen. Bist Du Dir sicher, dass Du richtig handelst?. schien sie mir zu sagen. Doch ich vermochte nicht zu antworten. Hatte ich vorschnell geurteilt?

37. Ich war dabei

Jesus erwiderte ihnen: Amen, amen, ich sage euch: Noch ehe Abraham wurde, bin ich. Da hoben sie Steine um sie auf ihn zu werfen. Jesus aber verbarg sich und verließ den Tempel.[30]

Ich blieb in der Nähe, doch am Rande. Würde Er es denn wirklich machen, uns einfach so verlassen? Doch ich dachte, wenn ich schon hier war, so wollte ich es auch bis zum Ende aushalten. Was sollte es bedeuten, dass Er wohin ginge, wo wir Ihm nicht folgen konnten? Vielleicht war es ja gar nicht, dass Er nicht wollte, dass wir Ihm folgten, sondern es war vielmehr, weil wir es nicht sollten, weil der Weg zu gefährlich und abgründig war. Wollte ich denn wirklich so schnell aufgeben?

Du hättest es getan, aber Du hattest auch keine Ahnung. Du warst zwar auch hier gewesen, aber Du hattest Dich nicht rühren lassen. Der Panzer, den Du um Dich, Dein Leben, Dein Herz und Deine Gedanken gelegt hattest, er war viel zu dick, als dass Dich irgendetwas erreichen konnte. Du hast den Blick nicht gehoben, die

---

[30] Joh. 8,58f. Aus: Die Bibel in der Einheitsübersetzung der Heiligen Schrift. Hg. von Interdiözesanen Katechetischen Fonds. Verlag Österreichisches Katholisches Bibelwerk Korneuburg

Ohren nicht geöffnet. Doch ich, ich hatte den Blick gehoben und Ihm in die Augen gesehen, hatte meine Ohren geöffnet und Sein Wort erfasst. Und Er war der, von dem es hieß, Er ist der, der da ist, der nicht im Sturm erscheint, nicht im Feuer und nicht im Beben, sondern in der Stimme verschwebenden Schweigens, das mich durchfuhr dennoch, wie ein Blitz und mich trug und ummantelte, der, der mich führt, wenn ich durch finstere Schlucht wandern muss. Es muss etwas anderes bedeutet haben. Denn er stellte sich der Gefahr und den Mächtigen, denen Er im Wege stand.

Vielleicht war es noch nicht an der Zeit zu begreifen. Vielleicht war es einfach noch die Zeit zu sehen, denn wenn es stimmte, dass Er nicht mehr lange unter uns weilen würde, wenn Er uns verlassen musste, dann war es nicht nach Seinem Willen, sondern weil Er uns einen Weg vorausgehen musste, den wir noch nicht zu sehen, nicht zu verstehen vermochten. Er sagte, Er würde weggehen, aber Er sagte nicht, dass Er uns verlassen würde. Das war nur das, was wir uns in unseren kleinen, begrenzten Menschengehirnen zusammengereimt hatten. Er würde gehen, aber wenn für Gott nichts unmöglich ist, so auch nicht, dass Er ging und trotzdem bei uns blieb. Wie auch immer Er es anstellen würde, Er würde uns nicht verlassen. Er war das Unbegreifliche in unserem Leben.

Das Leben selbst, lebendig und authentisch, das Sein und die Liebe, aus der alles erwachsen war, was ward, und Er war bevor Abraham war. So sagte Er. Was für ein Affront! Was für eine Gotteslästerung, in den Augen der Gesetzestreuen, der Hüter und Tüftler, die uns Bürde um Bürde aufluden, zu sehen, wann wir unter der Last ihrer selbstfabrizierten Gesetze zusammenbrechen würden. Hatten wir denn wirklich so gänzlich verlernt selbst zu verstehen, dass wir bei jeder Kleinigkeit zu denen rennen mussten, dass sie es uns erklärten, das Leben in all seinen Geheimnissen? Hatten wir denn wirklich so gänzlich darauf vergessen, dass das Wort uns geschenkt wurde, damit wir in Freiheit lebten, und nicht, damit es uns unterdrückt?

Nur wenn es pervertiert wurde, so wie es die sog. „Schriftgelehrten" taten, war es tödlich, aber aus sich, war es lebens-, begegnungsspendend. Und Er stellte sich ihren Angriffen, ohne zu weichen, und weil es keine Worte mehr gab, die sie gegen Ihn anbringen konnten, griffen sie zu den Steinen. Mit Gewalt wollten sie Ihm den Mund verbieten, doch ich hatte Seine Augen gesehen und Sein Wort erfüllte mich. Er würde gehen, weil ihr es auf euch laden würdet, die Guten und Rechtschaffenen, aber Sein Wort würden sie nicht mehr unterdrücken können, denn einmal ausgesprochen, kann es nicht mehr vergehen. Es hatte Raum erobert in unseren Herzen, in unserem Leben, und würde uns nie wieder loslassen, auch wenn Er von uns ging. Es gab kein Zurück mehr. Und so wurde der Groll auf Ihn nur desto größer, und wir wichen nicht mehr von Seiner Seite.

38. Der Schleier ist zerrissen

Aber wenn ich sie vollbringe, dann glaubt wenigstens den Werken, wenn ihr mir nicht glaubt. Dann werdet ihr erkennen und einsehen, daß in mir der Vater ist und ich im Vater bin. Wieder wollten sie ihn festnehmen; er aber entzog sich ihrem Zugriff.[31]

Wie sollten sie auch jemandem beikommen, der nicht mit Gewalt und roher Stärke einbrach, sondern mit Sanftmut und Güte? Natürlich war da auch eine Wut, eine Wut gegen die Schändung des Tempels und die Unterdrückung freier Menschen, die Er beim Namen gerufen hatte, und die so schmählich darauf vergessen hatten. Seit Adam und Eva, war es so, und durch alle Wirrnisse der Geschichte hindurch, nahm Er es immer wieder auf sich, die Menschen, jeden Einzelnen anzusprechen, beim Namen zu nennen und damit in die Freiheit des Eigen-Seins zu geleiten. Immer wieder aufs Neue hat Er es gewagt. Immer wieder aufs Neue nahmen die Menschen es an, und vergaßen es wieder, rutschten zurück in die Bedeutungslosigkeit. Immer wieder erkor er Menschen die anderen

---

[31] Joh. 10,38f. Aus: Die Bibel in der Einheitsübersetzung der Heiligen Schrift. Hg. von Interdiözesanen Katechetischen Fonds. Verlag Österreichisches Katholisches Bibelwerk Korneuburg

daran zu erinnern, wohin sie sich wenden konnten, dass die Lebendigkeit Wahrheit werden würde, und ebenso oft haben sie es verraten, sich selbst verraten. An eine Bequemlichkeit. An ihre Unterwürfigkeit. An eine fragwürdige Autorität. Immer wieder begann es von vorne. Immer und immer und immer wieder. Seit der Mensch ward. Er gab nicht auf, und zuletzt, da sandte Er Ihn, das Wort selbst, das Fleisch geworden war, unter uns weilte.

Fleischgewordene Namensnennung, Unwiderruflichkeit des Versprochenen und in uns Wirkenden, Unverweigerbarkeit des Lebendigen. Atem, der uns durchfließt, Blut, das uns mit Kraft versorgt, ewig unangetastet von denen, die es für sich beanspruchen und verbiegen wollten.

Von Anfang an ward das Leben, ja noch vor dem Anfang war die reichste Quelle des Lebendigen. Und mit dem Lebendigen, nach dem Anfang, kam der Widersacher, und er fand immer wieder fruchtbaren Boden. Und der Widersacher war der, der die Begegnung unterband, der den Namen vergessen ließ, der die Menschen voneinander trennte, aufeinander hetzte. Aber auch Er wusste, dass der Mensch von Kleinglauben beseelt war, so dass Er all die

Werke wirkte. Aber wer blind ist, wer nicht sehen will, den kann man nicht einmal damit überzeugen. Sie werden in ihrer Blindheit verbleiben, unzugänglich bleiben. Doch nicht nur, dass Er Wunder tut, Er behauptet auch noch, dass Er sie tut, weil Er im Vater ist und der Vater in Ihm. Das ist es, was sie hören. Nichts anderes können sie daraus verstehen, als dass seine Rede gotteslästerlich ist, dass Er sich etwas anmaßt, was Er nicht sein kann. Wie kleinkariert und begrenzt ihr Denken doch ist. Er wirkt und spricht – und doch genügte Seine Person, damit man die Wahrheit erkennt. Ein Blick in die Augen. Ein offenes Ohr für seine Worte. Das würde genügen, damit man weiß wer Er ist, doch so einfach es klingt, so schwer scheint es auszuführen zu sein, ist man erst einmal einzementiert in dem, was man für seine Wahrheit hält. Nichts wird sie je aus ihrer Bequemlichkeit herausreißen können.

Aber sie haben Angst, um ihre Pfründe, um ihre Privilegien – schlagt ihn tot, liefert ihn der Gerichtsbarkeit aus, denn Er ist eine Bedrohung für uns. Wir wollen unseren Status erhalten, weiterhin die Menschen knechten und unterdrücken, doch Er steht uns im Weg. Er zeigt den Menschen, dass sie in Knechtschaft und Unterdrückung leben. Musste das denn sein? Sie hätten es nicht gemerkt. Sie hätten sich

weiterhin ausnehmen und beherrschen lassen.
So einer darf nicht leben. Er zerstört die
gottgewollte Ordnung, die nur sie verstehen.
Doch Er entkam, und ich ging mit Ihm.

39. Menge wie Ebbe und Flut

Dann ging Jesus wieder weg auf die andere Seite des Jordan, an den Ort, wo Johannes zuerst getauft hatte; und dort blieb er.[32]

Man meint, dass sich große Massen nicht leicht bewegen lassen. Man meint, wenn sie einmal in eine Richtung gehen ist es schwer ihre Richtung wieder zu ändern. Mag sein, aber stimmt das unbedingt?

Als Jesus zurückkehrte, gestärkt durch die Zeit der Reife, der Prüfung und der Erziehung aus der Wüste, gezeichnet durch den Versucher, dem Er widerstanden hatte, da wirkte Er Wunder. Die Menschen sahen es. Sie liefen Ihm zu. In Massen liefen sie Ihm zu. Wenn Er schon das bewirken konnte, so waren sie immer mehr überzeugt, so würde Er auch ihr politisches Los ändern. Von Befreiung träumten sie, Befreiung von der drückenden Macht der politischen Verhältnisse. Denn wer Tote zum Leben erwecken kann, der vermag auch das. So wogte die Menge auf Seine Seite. Wären da nicht diese spitzen Bemerkungen dazwischen gewesen,

---

[32] Joh. 10,40. Aus: Die Bibel in der Einheitsübersetzung der Heiligen Schrift. Hg. von Interdiözesanen Katechetischen Fonds. Verlag Österreichisches Katholisches Bibelwerk Korneuburg

diese Bemerkungen gegenüber den Schriftgelehrten und Pharisäern. Wäre da nicht die Sache gewesen, dass Er bereit war sich mit dubiosen Gestalten einzulassen, wie der Hure oder dem Zöllner. Das irritierte die Menge ein wenig, aber das waren Kleinigkeiten, wenn man bedenkt, was Er zu bewirken vermag.

Und so lange sie in der Menge standen, konnte ihnen auch nicht viel passieren, denn die Menge schützt einen. Es ist schwierig eine Menge anzugreifen. Einen alleine, das ist etwas anderes, aber viele, das ist nicht leicht. Deshalb rotten sich die Menschen immer in Herden zusammen, wie die Schafe, wogen mit dieser Herde mit, mal in die eine, mal in die andere Richtung, so lange es nur halbwegs plausibel erscheint, dass sie sich mitwogen lassen. Und es ist so einfach die Masse der Menschen zufrieden zu stellen. Zumeist genügen Versprechungen. Sie müssen gar nicht konkret sein. Es ist sogar besser, wenn sie nicht konkret sind. Bloße Andeutungen, einer besseren Zukunft, und jeder stellt sich vor, für sich selbst, was das bedeuten könnte, und schon sind sie mit dabei. Und das Geschrei derer, die meinen, dass die Versprechungen nicht eingelöst werden, die gehen unter, in der Masse.

Seit Jahrtausenden lassen sich die Menschen mit vagen Versprechungen verführen, vage und inhaltslos, weil sie es glauben wollen, doch Er war einer, der irritierte. Er gab keine Versprechungen, die Er nicht einlöste. In Ihm selbst war das Versprechen, doch die Vorstellungen, die in den Köpfen wohnten, waren andere. Er hatte wohl versucht sie richtig zu stellen, doch das Verstörende in seiner Botschaft, das wollten sie dann doch nicht hören. Wie einem Zauberer folgten sie Ihm, der Seine Tricks vorführt, doch dass es mehr war als das, das hörten die meisten nicht mehr.

Immer wieder stehen der volle Bauch und das geruhsame Leben im Vordergrund. Sie brauchen die Freiheit nicht, weil sie sie gar nicht nutzen. Wir verlangen Gedankenfreiheit, aber wir denken nicht, sondern lassen uns zuschütten von Nichtig- und Belanglosigkeiten, lassen uns ablenken, weil es so viel einfacher ist. Nichts hat sich geändert. Die Menge wogte Ihm entgegen. Sie verlangten einen Messias. Er sagte, Er sei es. Sie wollten einen politischen Messias. Er sagte, Er sei es nicht.

Stärke aus der Schwäche, Übermacht in der Ohnmacht. Sie verstanden nicht. Und die Menge wogte in die andere Richtung, gegen Ihn, so wie sie kurz zuvor für Ihn wogten. Es ist so unsagbar leicht die Menschen zu manipulieren, weil sie sich so gerne anschließen, einer Meinung, einer Gesinnung, Hauptsache, man steht in der Mitte, kuschelig warm und behütet. Dann stimmt es sogar, dass sie gar nicht wissen worum es geht. Und Jesus zog sich zurück, entzog sich ihrem Zugriff, doch es gab auch die, bei denen die Botschaft angekommen war. Das Wort, das Er war.

40. Rückzug

Jesus bewegte sich von nun an nicht mehr öffentlich unter den Juden, sondern zog sich von dort in die Gegend nahe der Wüste zurück, an einen Ort namens Efraim. Dort blieb er mit seinen Jüngern.[33]

Nur Er und seine Vertrauten. Alleine in der Wüste. Von dort war Er ausgegangen. Dorthin kehrte Er zurück. In der Stille, in der Zurückgezogenheit fand Er Kraft. Es galt so vieles zu überdenken, und doch wusste Er, der Weg war vorgezeichnet. Bald schon würde Er zurückkehren, unter die Menschen. Doch es war mehr als das. Es war nicht die Ruhe des Weisen, der sich stärkte, unbehelligt. Sie trachteten Ihm nach dem Leben. Er war unbotmäßig gewesen. Sie würden es Ihm nicht verzeihen. Sie konnten es Ihm nicht verzeihen. Der Mächtige hat seine Macht, weil es Ihm gelingt das Volk nieder zu drücken, doch das Volk lauert, wartet auf Zeichen der Schwäche, die es ausnutzen könnte, um sich zu erheben und Ihm die Macht wegzunehmen. Macht ist nicht für immer. Sie muss erobert werden, doch dann kann sich der

---

[33] Joh. 11,54. Aus: Die Bibel in der Einheitsübersetzung der Heiligen Schrift. Hg. von Interdiözesanen Katechetischen Fonds. Verlag Österreichisches Katholisches Bibelwerk Korneuburg

Machthaber nicht einfach zurücklehnen und genießen, was er erobert hat. Er muss immer damit rechnen, dass ein anderer ähnliche Ambitionen hegt. Hat er seinen Vorgänger ermordet, so ist nicht gesagt, dass ihm nicht das gleiche Schicksal droht. Immer wieder muss er seine Stärke unter Beweis stellen und Exempel statuieren. Vielleicht ist es einfach nur ein symbolischer Akt, doch er signalisiert den Menschen, dass er es sich nicht gefallen lässt, Aufbegehren gegen ihn. Und schon gar nicht von so einem kleinen, dahergelaufenen Nazaräner. Er bringt doch die Strukturen durcheinander, wenn Er die Händler aus dem Tempel wirft, wenn Er zeigt, dass die Pharisäer und Schriftgelehrten Heuchler sind. Dagegen muss eingeschritten werden. So muss Jesus um Sein Leben bangen. Er weiß es. Er durchschaut die Strukturen und die Ambitionen, die dahinter stecken. Der Mensch ist so einfach zu durchschauen. Was ihm gefällt, das will er haben. Was er hat, will er behalten. Da darf keiner kommen und das einfach vernichten. Mit allen Mitteln wird er dagegen vorgehen, mit all seiner Kraft die Pfründe verteidigen, so unrechtmäßig dieses Eigentum auch sein mag.

Schlaft, ihr Massen, schlaft euer Leben weiter, und alles ist gut.

Doch Er, Er hatte die Kraft und den Mut sie aufzuwecken, wachzurütteln und ihnen zu zeigen, dass es auch anders sein könnte. Noch waren sie verunsichert, doch es musste verhindert werden, dass sie ganz erwachten, dass sie sich ihrer Kraft und ihrer Möglichkeiten bewusst wurden. Sie sollten sein wie die Kinder, die ein Spielzeug bekommen und sich damit beschäftigen. Sie sollen nicht aufblicken, nicht sehen. Doch Er forderte sie dazu auf. Es arbeiteten zwei widerstreitende Kräfte gegeneinander, die keinen Konsens finden konnten. So musste sich Jesus vor ihnen verstecken, in der Wüste, die zwar Gefahren bot, aber weit nicht so viele wie die Schergen, die im Schatten des Mächtigen gut lebten. Er musst fliehen, weil Er die Menschen zu sich selbst befreien wollte, weil Er ihnen einen Weg wies, der anders war, als der bisherige.

Umsturz. Systemwandel. Weder Herr noch Knecht. Der Traum von der egalitären Gesellschaft. Weder Oben noch Unten. Alle Menschen gleich an Wert und Würde. Das durfte man nicht zulassen. Alles würde untergehen. Die schönen Strukturen zusammenbrechen. Das war der Grund, warum Jesus fliehen musste und um Sein Leben bangte. Sie fanden Ihn nicht. Es war noch nicht Seine Zeit. Noch war es die Vorbereitung auf den eigentlichen Umsturz, der

162

erst kommen musste. Unausweichlich. Das kleinste Geräusch ließ Ihn aufschrecken. Überall lauerte Gefahr, bis zu dem Moment, da Er sich dieser stellte.

OsterZeit

1. Maria von Magdala

Sechs Tage vor dem Paschafest kam Jesus nach Betanien, wo Lazarus war, den er von den Toten auferweckt hatte. Dort bereiteten sie ihm ein Mahl; Marta bediente, und Lazarus war unter denen, die mit Jesus bei Tisch waren. Da nahm Maria ein Pfund echtes, kostbares Nardenöl, salbte Jesus die Füße und trocknete sie mit ihrem Haar. Das Haus wurde vom Duft des Öls erfüllt. Doch einer von seinen Jüngern, Judas Iskariot, der ihn später verriet, sagte: Warum hat man dieses Öl nicht für dreihundert Denare verkauft und den Erlös den Armen gegeben? Das sagte er aber nicht, weil er ein Herz für die Armen gehabt hätte, sondern weil er ein Dieb war; er hatte nämlich die Kassa und veruntreute die Einkünfte. Jesus erwiderte: Laß sie, damit sie es für den Tag meines Begräbnisses tue.[34]

Du tratst ein, gingst geradewegs auf Ihn zu, direkt vor Ihm stehenzubleiben, das alabasterne Gefäß sicher umfasst, aufrecht und stark. Seine blauen Augen richteten sich auf Dich, Sein Blick umarmte Dich in aller Fülle. Nein, so einem Mann warst Du noch nie begegnet, so einem

---

[34] Joh. 12,1-7. Aus: Die Bibel in der Einheitsübersetzung der Heiligen Schrift. Hg. von Interdiözesanen Katechetischen Fonds. Verlag Österreichisches Katholisches Bibelwerk Korneuburg

Mann würdest Du nie mehr begegnen, und doch, so sehr Du wünschtest und hofftest, Du wusstest, Er würde nicht lange bei Dir bleiben, bleiben können.

Du ließt Dich nieder, vor Ihm nieder, auf die Knie, und Er wehrte es nicht.

Vorsichtig entferntest Du den Deckel von dem alabasternen Gefäß, und sofort verströmte der durchdringende Geruch des Nardenöls. Alle Gespräche verstummten, aller Augen waren auf Dich gerichtet, doch Du merktest es nicht, denn Du, Du hattest nur Augen für Ihn.

Du übergosst Seine Füße mit dem kostbaren Nardenöl aus dem alabasternen Gefäß, und Er wehrte es nicht.

„Öl im Wert von 300 Denaren.", raunte es durch den Raum.
„Wie viel Brot hätte man kaufen können, die Armen zu verköstigen, um 300 Denare.", mahnte eine Stimme.
„Ein Familienvater hätte die Seinen und sich ein Jahr lang ernähren können, 300 Denare.", flüsterte eine andere Stimme.
„Welch eine Verschwendung!"
„Welch ein Frevel!"
„Welch eine Sünde!"

„300 Denare – Verschwendung – 300 Denare –
Sünde – 300 Denare – Frevel", deklamierten die
Stimmen.
Donner und Dröhnen und Donner und Dröhnen.
Immer schneller. Immer heftiger. Und Du?

Du salbtest Seine Füße mit dem kostbaren Öl,
und Er wehrte es nicht.

„Herr, willst Du denn nicht hören?", raunte es
durch den Raum.
„Herr, willst Du dieser Frau nicht Einhalt
gebieten?", mahnte eine Stimme.
„Herr, willst Du uns denn nicht anhören?",
flüsterte eine andere Stimme.
„Was sagst Du?"
„Was tust Du?"
„Was befiehlst Du?"

Du trocknetest Seine Füße mit Deinem lagen,
vom Tuch befreiten Haar, und Er wehrte es
nicht.

Still rannen Deine Tränen über Dein Gesicht, auf
Seine Füße, und Er, Er kniete sich neben Dich,
fasste Dein Kinn und hob Deinen Blick in den
Seinen. Sanft fassten Seine Hände die Deinen
und Seine Lippen umschlossen die Deinen. All
die Zugewandtheit und Liebe lang in diesem
Kuss. Darin öffnete Er Dein Herz, und Deine

Liebe war wie ein wilder Reiter, der, schneller als der Wind, alle Winkel dieser Erde erreichte, alles Erlebte im Gestern, im Heute, im Morgen umspannend. Nichts und niemandem verschloss sich diese Liebe. Nichts und niemandem war sie verwehrt.

Er küsste Dich, und Du wehrtest es nicht.

„Willst Du mit mir gehen, mit mir bis zu jener Unausweichlichkeit?", fragte Er Dich.
„Ich will mit Dir gehen, bis zu jener Unausweichlichkeit, und noch weit darüber hinaus.", antwortetest Du.
„Gut, dann lass uns den Weg gehen, der Dir und mir vorbestimmt ist.", sagte Er.

So nahm Er Dich an der Hand und ging mit Dir weg, und Du wehrtest es nicht.

2. Und sie empfingen Ihn wie einen König

Am Tag darauf hörte die Volksmenge, die sich zum Fest eingefunden hatte, Jesus komme nach Jerusalem. Da nahmen sie Palmzweige, zogen hinaus, um ihn zu empfangen, und riefen: Hosanna! Gesegnet sei er, der kommt im Namen des Herrn, der König Israels![35]

War es denn nicht gerade eben noch so gewesen, dass sie Ihm nach dem Leben trachteten? War es nicht gerade eben noch so gewesen, dass sie bereit gewesen waren Ihn zu meucheln? Aber was schert die Menge das gerade eben.

Es gilt ein Fest zu feiern, einzutauchen in den Taumel der Sinne, und sei es nur für diese kurze Zeitspanne von Versinken bis Auftauchen, doch das wollten sie genießen. Wenn sie Ihm einen Empfang bereiten würden wie einem König, dann würde Er sich auch wie ein solcher verhalten müssen. Er würde die Römer vertreiben und selbst den irdischen Thron einnehmen. Sie empfingen Ihn wie einen König,

---

[35] Joh. 12,12f. Aus: Die Bibel in der Einheitsübersetzung der Heiligen Schrift. Hg. von Interdiözesanen Katechetischen Fonds. Verlag Österreichisches Katholisches Bibelwerk Korneuburg

weil sie einen König wollten. Einen wie Salomon.
Einen wie David, doch aus ihren Reihen. Die
Soldaten würden das Land verlassen. Wie das
geschehen sollte, nun, das war ihnen egal. Das
war das Problem des Königs. Eifrig und eilfertig
versicherten sie sich Seiner Huld. Im
vorauseilenden Gehorsam warfen sie sich vor
Ihm in den Staub. Wenn es denn wirklich sein
sollte, dass Er ihr neuer König sein würde, dann
hätte man schon mal vorgesorgt, sich auf die
richtige Seite gestellt. Es ist immer wichtig auf
der richtigen Seite zu stehen, wenn es darauf
ankommt. So kann man später sagen, man sei
von Anfang an dabei gewesen.

Mit großen Jubel und Trara empfingen sie Ihn.
Palmzweige breiteten sie auf Seinen Weg. Ein
Empfang, ja wahrlich, eines Königs würdig.
„Hosanna!", riefen sie Ihm zu, denn sie trauten
es Ihm zu, dieses „Hilf doch!". Ihre Gedanken
waren nicht die Seinen und Ihre Vorstellung von
Hilfe war nicht die Seine, aber Er zog ein in
Jerusalem, zum Paschafest, umjubelt und
gefeiert. Niemals hatte Er gesagt, er wäre ein
politischer Befreier. Niemals hatte Er behauptet,
Er würde die römische Besatzungsmacht in die
Flucht schlagen. Alles was Er wollte, war die
Menschen herauszuführen aus der
Namenlosigkeit in die Namhaftigkeit. Er wollte
sie befreien zu sich selbst, zu dem, was sie von

allem Anfang an waren – Angesprochene dessen, der sie ins Leben rief. Freie, der Liebe zugängliche Menschen.

Politik war nicht Seine Sache. Macht war nicht Seine Sache, aber das Mit- und Füreinander. Seine Botschaft war Zuwendung, ungeachtet der Person oder des Standes, des Geschlechts oder des Verdienstes. Was spielte es auch für eine Rolle?

Bewährung heißt Leben, und Leben heißt Bewährung. Doch egal wie oft wir fallen, Er wird immer da sein uns die Hand zu reichen und wieder aufzuhelfen. Im Wege stehen wir uns immer nur selbst, wenn wir die Hand, die uns dargereicht wird, nicht ergreifen, wenn wir stur und unzugänglich bleiben und nicht sehen wo Hilfe wirklich not tut.

Veränderungen geschehen aus diesem Miteinander heraus, nachhaltige, tragfähige, fundamentale Veränderungen, die uns dem Leben hin öffnen. Und die Menge wogte, hin zu ihm, und was die Woge trug war eine selbsterdachte Illusion. Während die Schergen der Macht im Hintergrund scharrten und auf ihren Einsatz warteten. Sie wussten, dass die Menge wogt, einmal hin und ganz schnell wieder zurück. Sie will keine Unannehmlichkeiten. Was zählt ist das Greifbare. Noch riefen sie es Ihm zu, „Hosanna! Hilf doch!", und bald schon würden sie in die andere Richtung wogen, sich abwenden von Ihm, ja Ihn anspucken und verspotten, den, den sie gerade noch wie einen König empfangen hatten und zujubelten.

Und ich stand am Rande. Wogte nicht mit, schrie nicht mit, denn ich hatte verstanden, und das Herz wurde mir schwer, denn ich wusste wie schnell solch ein Jubel in Zorn und Wut wechseln konnte. Ich stand am Rande.

3. In der Abgeschiedenheit

Jetzt ist meine Seele erschüttert. Was soll ich sagen: Vater rette mich aus dieser Stunde? Aber deshalb bin ich in diese Stunde gekommen. Vater verherrliche deinen Namen! Da kam die Stimme vom Himmel: Ich habe ihn schon verherrlicht und werde ihn wieder verherrlichen.[36]

Der Jubel war verebbt. Zertreten lagen die Palmzweige am Boden, die sie auf den Straßen ausgebreitet hatten, den König zu empfangen. Die Menge hatte sich zerstreut. Sie murrte. Es tat sich nichts. So viel hatten sie investiert, ihren Jubel und die Palmzweige, und nichts war geschehen. Wie immer waren sie in ihre Häuser zurückgekehrt. Verstohlen blieb ich, immer am Rande. Jesus zog sich zurück. Sein Weg war vorbestimmt, durch das Handeln der Menschen, vorbestimmt durch die Verzweiflung, die Rückkehr in die Namenlosigkeit, die immer mehr um sich griff. Es gab nichts mehr zu beschönigen. Er war am Ende eines Weges angekommen, da sich das Kreuz schon erhob, die Welt überschattend. Er zog sich zurück, denn Ihm ward schwer ums Herz. Das Weggehen

---

[36] Joh. 12,27f. Aus: Die Bibel in der Einheitsübersetzung der Heiligen Schrift. Hg. von Interdiözesanen Katechetischen Fonds. Verlag Österreichisches Katholisches Bibelwerk Korneuburg

bedrückte Ihn. Sollte Er die verlassen müssen, wirklich verlassen müssen, die sich Ihm voller Hoffnung und Zuversicht zugewandt hatten?

Seine Seele war erschüttert, weil Sein Verlassen ihre Hoffnung zerstören würde, weil Er ihre Hilflosigkeit benennen konnte. So sehr klammerten sie sich an Seine Person. So wenig noch hatten sie begriffen. Wie die Schafe liefen sie hinter Ihm her und fragten Ihn bei allem um Seine Meinung, um Seinen Rat. Wie sollte Er da gehen können? Verlassen würden sie sein, wie die Kinder, orientierungslos inmitten einer Welt ohne Namen. Sie hatten noch nicht begriffen, dass die Kraft in ihnen war, dass sie sie nur entfalten mussten, dass sie stärker waren, als sie selbst glaubten, doch es war gut sich unter Seinen Schutz und Schirm begeben zu können, sich einfach führen zu lassen. Jetzt würden sie selbst zu Führern werden müssen, die Seine Botschaft weitertrugen. Dabei war sie so einfach.

Schenkt dem anderen einen Namen, nehmt ihn an in seiner Namhaftigkeit, überlasst ihn nicht der Namenlosigkeit, der Verlorenheit! Nichts weiter, und doch das Umfassendste an Zuwendung, das der Mensch vermag.

Er wusste, es gab keine Rettung, nicht für Ihn, doch wäre es Rettung gewesen, einfach weiter zu leben, sie weiter zu beschützen, statt sie in die Wirklichkeit des Eigenseins hinauszustoßen? Wäre es denn Hilfe gewesen, wenn Er bliebe? Er hatte seine Aufgabe zu erfüllen. Sein Weggang wäre Seine tiefste Hinwendung, und doch war Er vom Schmerz zerrissen. Die Angst durchfuhr Ihn, aber vor allem war Er mit seinem Wissen allein. Niemand konnte Ihn verstehen. Noch waren sie nicht so weit. Noch konnten sie es nicht fassen, nicht begreifen, doch Er musste gehen um es ihnen begreiflich werden zu lassen. Nur für eine kurze Frist war Er ihnen gegeben. Diese war nun verstrichen. Er hatte seine Aufgabe hier erfüllt, hatte es auf sich genommen. Für Ihn hieß es Heimkehr, doch für sie Verlust, die noch immer arglos waren gegenüber der Unausweichlichkeit. Es war nichts zu ändern, nichts zu beschönigen.

Aber es würde auch am Tag danach die Sonne wieder aufgehen, die Menschen würden sich genauso von ihrem Lager erheben und ihrem Tagwerk nachgehen, wie immer, nur einige von ihnen würden verstehen, und dieses Verstehen würden sie weitertragen. Ihre Rettung war Sein Untergang in dieser Welt. Würde Er aus dieser

Stunde gerettet, so würden sie nicht gerettet werden.

Und ich stand am Rande, sah Seine Erschütterung, aber auch Seinen Willen zur Hinwendung zum anderen, die durch nichts erschüttert werden konnte. Er hatte Angst und Er durchlebte die Verzweiflung, aber an Seinem Entschluss konnte dies nichts ändern. Wenige Stunden noch, dann würde ich Ihn nicht mehr sehen, nicht einmal mehr vom Rande.

4. Die Fußwaschung

Jesus, der wußte, daß ihm der Vater alles in die Hand gegeben hatte und daß er von Gott gekommen war und zu Gott zurückkehrte, stand vom Mahl auf, legte sein Gewand ab und umgürtete sich mit einem Leinentuch. Dann goß er Wasser in eine Schüssel und begann, den Jüngern die Füße zu waschen und mit dem Leinentuch abzutrocknen, mit dem er umgürtet war.[37]

Miteinander hatten wir gegessen. Vor unseren Augen hatte Er das Brot gebrochen und mit uns geteilt, hatte einen Schluck aus dem Kelch genommen und ihn an uns weitergereicht. Wir hatten eine Mahlgemeinschaft begründet. Er hatte das Wort. Er war das Wort. Von Ihm ging alles aus, und doch trug Er uns auf, dass wir dies hinaustragen in die Welt, Mahlgemeinschaft halten in Seinem Sinne, so wie Er es uns gezeigt hatte, ja wie Er uns unterwies.

„Zu meinem Gedächtnis" sollten wir es tun, hatte Er gesagt. Aber was meinte Er damit? Man konnte doch jemanden nur im Gedächtnis

---

[37] Joh. 13,3-5. Aus: Die Bibel in der Einheitsübersetzung der Heiligen Schrift. Hg. von Interdiözesanen Katechetischen Fonds. Verlag Österreichisches Katholisches Bibelwerk Korneuburg

behalten, wenn Er nicht da war. Er war doch da und wir meinten Er bliebe noch lange. Da waren noch so viele offene Fragen, so viele Unsicherheiten, die es zu klären galt. Endlich hatten wir wieder Mut gefasst, weil Er uns Mut machte, weil Er uns gezeigt hatte wie der rechte Weg aussah, doch wir standen erst am Anfang. Er konnte, Er durfte uns jetzt nicht verlassen. Gerade eben erst hatte Er eine ganz besondere Mahlgemeinschaft begründet, und jetzt, gerade jetzt, wollte Er gehen. Mit Schrecken und Betrübnis vernahmen wir es. Aber vielleicht bedeutete es auch nur, dass wir uns aufteilen sollten, und dort, wo wir hingingen, dort sollten wir Seiner gedenken. Nichts desto trotz würden wir immer wieder zu Ihm zurückkehren können, würden uns von Ihm aufgefangen und behütet fühlen dürfen. Ja, das musste es sein, bloß eine Trennung auf Zeit, kurz, mit der Möglichkeit wieder zu kommen. Es konnte, es durfte nicht anders sein.

Aber dann, Er erhob sich, legte Sein Gewand ab und wusch uns die Füße. Er! Wir wollten es zunächst gar nicht zulassen. Wie sollten wir es zulassen können, dass Er uns die Füße wusch, der uns doch in allem voran gegangen war, der uns errettete aus der Namenlosigkeit in die Namhaftigkeit, der uns die Lebendigkeit des Lebens eröffnete, uns uns wiedergewinnen ließ?

Das alles hatte Er für uns getan, hatte uns teilhaben lassen am umfassenden Wort, das die Welt umfasst und durchdringt und eröffnet. Alles ward neu, so als wären wir aus einer langen, dunklen Nacht erwacht, von der wir noch nicht einmal wussten, dass wir darin gewesen waren, denn es war so selbstverständlich, auch unsere Blindheit, von der Er uns befreite, so dass wir sehend wurden, auch unsere Verbohrtheit, die er lockerte, so dass wir uns öffnen konnten, unsere Verständnislosigkeit, von der Er uns erlöste, so dass wir zu Annehmenden wurden.

All das, und noch vieles mehr, und dennoch ließ Er sich vor uns auf die Knie hinab, ja, Er kniete vor uns und wusch uns den Dreck von den Füßen. Er verfuhr wie ein Bedienter, und als wären wir die Herren. Dabei war es doch umgekehrt. Doch bei Ihm zählten die Maßstäbe der normalen Welt nicht. Er erniedrigte sich nicht in Seinem Dienst, sondern Er wuchs. Wie sonst hätte Er uns seine Liebe mehr beweisen können? So war auch dies Auftrag.

Lasst Euch auf die Knie, und ihr werdet das Leid erkennen und das Elend, so dass ihr Euch einbringen könnt, helfend und beistehend. Nach Seinem Beispiel sollten wir es hinaustragen –

und doch verstanden wir immer noch nicht
wirklich. Wir waren noch nicht so weit es tragen
zu können.

5. Der letzte Kampf

Als Jesus von dem Essig genommen hatte, sprach er: Es ist vollbracht! Und er neigte das Haupt und gab seinen Geist auf.[38]

Hätte Er es nicht gewollt, so hätten sie Ihn nicht erreichen können, doch Er lieferte sich dem aus, was sich die offizielle Gewalt nennt – offizielle Gewalt, gesetzlich sanktioniert, eigentlich ein Widerspruch in sich. Hatte der Staat nicht die Aufgabe die Menschen, die in ihm lebten zu schützen? Möglich, dass er das auch tat, doch noch mehr schützte er sich selbst, und wenn nur die Ahnung einer Bedrohung bestand, so wurde sie beseitigt, wenn es leicht ging. Und was ist leichter als einen wehrlosen Menschen zu foltern, zu verspotten, zu töten – noch mehr einen, der sich der Wehrlosigkeit verschrieben hatte.

Wortlos ließ Er es über sich ergehen, dass sie ihn verhöhnten, als König, denn so wie sie Ihn in ihrer Gewalt hatten, so hatten sie keine Angst mehr vor Ihm, und es waren so viele. Was sollte ein Einzelner gegen so viele ausrichten? Und

---

[38] Joh. 19,30. Aus: Die Bibel in der Einheitsübersetzung der Heiligen Schrift. Hg. von Interdiözesanen Katechetischen Fonds. Verlag Österreichisches Katholisches Bibelwerk Korneuburg

Seine Anhänger? Die hatten sich versteckt, verkrochen in irgendwelchen Löchern, zitternd und bebend vor Angst um ihr eigenes, kleines Leben. Alle diese Männer, die so ein Geschrei gemacht hatten, sie hatten sich verzogen wie die Memmen, wie kleine Mädchen. Bis auf den einen, der blieb, doch der wollte mit Ihm nichts mehr zu tun haben.

„Ich kenne Ihn nicht", hatte er gesagt, drei Mal, dabei hatte man ihn doch wiedererkannt, als den, der immer am lautesten geschrien hatte, und wer blieb, als er das schwere Kreuz hinauftrug, das Kreuz, das seinen Tod bedeutete, da waren auch nur die Frauen da. Sie ließen nicht ab, hoffend bis zum letzten Moment, da der Atem wegblieb und das Herz zu schlagen aufhörte. Er sah sie um sich, und Er wusste um ihre Hoffnung, eine irrwitzige, kalte Hoffnung. Da war sie, Seine Mutter, die Ihn geboren hatte und fast drei Jahrzehnte um sich haben durfte.

„Sei zufrieden mit dem, was Du hattest!", wollte Er ihr sagen, denn noch konnte Er ihr nicht erklären, dass Er wiederkäme. Da war Maria aus Magdala, die Ihn während Seiner Wandertätigkeit so treu unterstützt hatte, die alles gab und auch sie wankte und wich nicht. Da war kein Gedanke an ihr eigenes Leben, kein Gedanke sich selbst zu schützen. Sie wollten bei

Ihm bleiben so lange es ginge. Bis hinauf zum Berg, auf dem das Kreuz aufgestellt wurde, an das er genagelt wurde, an Händen und Füßen, und immer noch ward die Hoffnung, während die Menge wogte, hin und zurück, wie Schilf im Wind. Sie hatte ihren Spaß mit Ihm. Letztendlich war es doch nur die Erleichterung, dass es sie diesmal nicht getroffen hatte, dass da ein anderer war, auf den sie herunter sehen konnten, der noch tiefer stand als sie selbst. Es lenkte sie ab von ihrem eigenen Elend, weil ein anderer noch elender war als sie selbst, doch war es letztlich nur Maskerade.

Und als Er Sein Haupt neigte, den letzten Atem verströmte, da war es, als würde die Welt untergehen. Der Himmel verdunkelte sich, als wäre es plötzlich Nacht geworden und der Vorhang im Tempel zerriss. Nichts war mehr wie gerade eben. Und die, die am Kreuz ausharrten, hoffend bis zum letzten Moment, erstarrten in ihrer ohnmächtigen Ausweglosigkeit. Es konnte nichts mehr getan werden. Alle Hoffnung war mit Ihm gestorben, alle Möglichkeiten vertan und alle Zugänge verschlossen. Während Er sich dem Tod anheimgab, willentlich, auch wenn die Angst Ihn durchzuckte wie wilde Blitze, verharrten sie in Fassungslosigkeit, hoffend bis zum letzten Moment, hoffend, wohl auch darüber hinaus, doch Sein Weg war noch nicht zu Ende, doch das sahen sie nicht.

6. Der Abstieg

Ist der Tod wirklich das Ende? Ist der Tod wirklich der Tiefpunkt? Ist der Tod wirklich der größte, abgründigste Schmerz?

Jesus hatte sich überantwortet, dem Tod, der Ihn übernahm, aus den Händen der Menschen, die Ihn so feige gemeuchelt hatten, doch es war nur eine Zwischenstation, denn der Tod war erst der Anfang. Vielleicht gönnte Er sich noch ein wenig Ruhe, bevor Er den eigentlichen Weg antrat, den in die tiefste, dunkelste Nacht. Alle Hoffnung fahren lassend, selbst die noch, der der Tod selbst nichts anhaben kann, alle Zuversicht verbannend, ließ Er sich fallen in den Abgrund. Nichts kann tiefer sein. Es ist ein Fallen ohne Ende, als wäre man im Fallen verharrt, ohne Möglichkeit zurückzukommen und ebenso anzukommen, umgeben von der absoluten Finsternis, die finsterer ist als die finsterste Nacht, finsterer noch als die Finsternis selbst. Sie ist nicht nur Abwesenheit vom Licht, sondern sogar noch Abwesenheit von der Finsternis. Das Dunkel ist nicht nur um Ihn herum, sondern sie dringt auch in Ihn ein, durch jede einzelne Port dringt sie ein, in kleinen, feinen Rinnsalen, doch stetig weitertropfend, in Ihn hinein, stetig sich ausbreitend, sickernd, immer weiter sickernd, denn sie kann nur in die eine Richtung, da sie alles um Ihn schon verschlungen hat, und sie will sich weiter ausbreiten, immer weiter und weiter, so dass nur mehr Er da ist, in den sie sich ausbreiten kann, und das tut sie, unaufhaltsam. Sie legt sich an, an der Haut, umwickelt die Sehnen und die Muskeln und die Knochen, verdrahtet sich mit den Nerven und füllt die Zwischenräume, bis nicht mehr das Kleinste übrigbleibt. Sie drängt sich immer weiter hinein, denn sie wird selbst gedrängt. Ihr einziges Streben ist alles in Besitz zu nehmen, was sich in ihre Nähe begibt. Inmitten dieser unausweichlichen Finsternis, in einem Zwischenzustand zwischen Fallen und Aufschlagen und Zerbersten.

Könnte man doch nur aufschlagen und zerbersten, aber die Finsternis trägt, wie feinste, reißfeste Spinnweben, wo die einzelnen Stränge so eng geknüpft sind, dass kein Durchdringen mehr möglich ist, ein Gehalten sein, das nicht warm und zärtlich, sondern tödlich und grausam ist, wie die Fänge eines Raubtieres, das seine Beute festhält, sie zu verschlingen. So hält Ihn die Finsternis, die nach und nach Seine Gedanken verödet, jeden einzelnen wegbrennt, als wäre er nie gewesen. Nicht nur ein Verlust des Lebens, ein Verlust der Lebendigkeit, ein Verlust des Selbst, klammheimlich. Träge und gemächlich wälzt sie sich durch Ihn hindurch, denn sie hat es nicht eilig, weil es kein Entrinnen gibt, weil die Finsternis niemanden mehr hergibt, dessen sie sich einmal bemächtigte. Und sie kriecht immer noch weiter, und wo kein Platz mehr ist, da drängt sie sich noch ein wenig mehr zusammen, verdichtet sich noch mehr bis zur höchsten Stufe, Verdichtung bis zum Maximum, ein schwarzes Loch, das verschlingt, das nichts mehr lässt von einem Gewesen-sein, und selbst dieses Gewesen-sein noch hinunterwürgt. Jede Erinnerung, jedes Bild vernichtend, und selbst der Gedanke an den Sonnenstrahl. Einstmals war er, doch er ist nicht einmal mehr als Bild vorhanden. Es wird unvorstellbar, undenkbar, dass es etwas anderes gäbe als Finsternis und Ausweglosigkeit, etwas anderes als Verlorenheit, und selbst diese Ausweglosigkeit und diese Verlorenheit wäre noch ein Trost, wenn sie wäre als eine Gegebenheit, denn die Ausweglosigkeit zu denken, setzt ein Wissen um einen Ausweg voraus, die Verlorenheit zu denken, setzt ein Wissen um ein Ankommen voraus, doch auch dieses Wissen ist verloren, verschlungen vom dem finsteren Loch, von der Schwärze, die sich selbst verschlingend, immer noch mehr verdichtet, und inmitten dieses fortdauernden Verschlingens hängt Er zwischen Fallen und Zerschellen, doch noch ist es nicht das

Schlimmste, das Er erleben muss, noch geht es tiefer.

7. Die Verworfenheit

Inmitten der Finsternis erwartet Er die Gnade des Zerschellens, aber inmitten der sich immer wieder aufs Neue selbst verschlingenden Finsternis gibt es weder Gnade noch Verstehen. Es ist die allumfassende Gleichgültigkeit, und doch ist es noch nicht die Absolutheit, denn erst, wenn sich das Wort daraus zurückzieht, das Wort, das schaffend, werdend webt, das Wort, das allumfassend, selbst diese tiefste Finsternis nochmals umschließt und verändert, wenn dieses Wort sich zurückzieht, dann geschieht die absolute Verlassenheit. War die absolute Finsternis, ein Raubtier, das alles gleichgültig und einheitlich verwirft, so ist es doch nochmals gewahrt im Wort. Doch auch das Wort zieht sich zurück. Die völlige Finsternis kann nur noch gesteigert werden durch die völlige Verlassenheit. Es gibt keinen Namen mehr in Ihm und kein Wort, das irgendetwas benennen könnte, kein Wort, das wäre. Es gibt die Finsternis und die Verlassenheit in ihr.

Das Kreuz war nur der Anfang, und das Kreuz war gnädig, denn es verhüllte das Leid, indem es diesem ein Ende setzte, doch in der absoluten Finsternis, aus der sich die Wirkmächtigkeit des Wortes zurückzog, ersteht nichts mehr, kann nichts mehr erstehen, da ist nur mehr die

Absolutheit der Nacht, die keinen neuen Morgen kennt, des Entsetzens, das keinen Schrei mehr findet, der es begreifbar machte, des Schmerzes, der nicht mehr endet.

Die absolute Nacht ist in sich die Absolutheit der Abgewandtheit und der Verlassenheit. Es ist nicht nur die Abwesenheit von irgend jemand anderen, sondern selbst die Abwesenheit der Abwesenheit. Es gibt kein Entrinnen, weil es keine Sprache darin gibt, weil es kein Denken darin gibt, weil das Grauen die Sprache und das Denken hinwegfegt, unerreichbar. Er, der dem Wort am nächsten war, der das Wort selbst war, Er ist nun dem Wort entfremdet.

„Vater, warum hast Du mich verlassen?", hat Er gesagt, doch da wusste er noch nichts von dieser Verlassenheit, die nicht einmal um sich selbst weiß. Zeit und Raum hören auf die existieren. Es gibt keine Maßstäbe außer der Absolutheit. Eine Ewigkeit der Verlassenheit. Eine Unendlichkeit der Verlassenheit. Und das Wort, das sich zurückzog, leidet wie der Verlassene, doch Er hat es zugelassen, dass Er sich abwendet von sich selbst, aus sich selbst, um den Weg zu gehen, der notwendig ist, dass ihn niemand anderer mehr gehen muss. Es ist die weiteste Ferne, der umfassendste Verlust, und es ward in alle Ewigkeit. Niemals ist jemand entkommen, niemals entronnen, niemals jemand zerschellt, doch inmitten dieses Verschlingens, das fortdauert und fortdauert und fortdauert, bahnt sich etwas an, beginnt ein Geschehen, das so unbegreiflich und unbenennbar ist, wie das Wort, das es wirkte.

Langsam, ganz langsam wie es geschah, begann sich die Finsternis zurückzuziehen, zuerst zu entwirren, so dass die Tragfähigkeit nachließ und Er zu sinken begann, sacht, verhalten. Dort, wo der Schmerz bis zur Neige ausgekostet ward, wo das Leid seinen Höhepunkt erreichte, dort beginnt sich der zu regen, der selbst dann noch ein Regen für lohnenswert hält. Es gibt kein Wort und keinen Gedanken und kein Bild und keine Erinnerung, aber eine vage Ahnung, ein kleines fast Nichts, das doch kein Nichts mehr ist, sondern porös wird, durchlässig für das Sein, das sich sanft darum windet, ganz klein.

In der Endlosigkeit tritt ein Ende auf, und als Er den Boden des Abgrundes erreicht, da ist es kein Zerschellen, sondern ein Zuliegenkommen, und die Finsternis zieht sich zurück, wird durchscheinender, und das Wort kommt wieder, umfasst das Nichts mit einem Wesen, gestaltet es um, und Er richtet sich auf, lässt die Absolutheit der Verlorenheit hinter sich, in einen neuen Morgen.

NeuBeginn

Es ist so unbegreiflich wie das Leben selbst. Es ist so unfassbar wie das Wort selbst. Doch es ward, und es ward bezeugt, durch die, die nach wie vor nicht von Seiner Seite wichen, die sich nicht fortschicken ließen, nicht von Ihm und nicht von ihrer eigenen Angst. Die Frauen, die zum Grab kamen, dass sie Ihm zumindest im Tode noch nahe waren. Etwas war geschehen. Nicht nur das Abwegige und Absurde des Todes, das zur Finsternis führte, mitten am Tag, das den Vorhang zerriss und alles was war in Bedeutungslosigkeit zu stürzen drohte, es war ein Mehr, das sie nicht zu benennen wussten.

Inmitten der Ausweglosigkeit ward eine Ahnung eines Neubeginns.

Sie hätten nicht zu sagen gewusst, wie dieser aussehen könnte, hätten nicht mehr sagen können, als dass sie sich anvertrauten. Dort, wo alle anderen meinten, es gäbe nichts mehr, was es zu hoffen gäbe, selbst da noch, vermochten sie sich anheimzugeben, und wahrlich, es ward ein neuer Morgen, heller und strahlender als jeder andere Morgen, den sie je erlebt hatten.

Sie gingen zum Grab, wohl noch gedrückt, doch schon beseelt von dieser Vorahnung. Schließlich hatte Er es ihnen zugesagt, hatte ihnen gesagt, dass Er wiederkäme. Doch wie sollte Er das machen, mussten sie sich anhören. Und sie sagten, trotz besseren Wissens, wobei es doch um nichts weiter ging als das beschränkte menschliche Wissen, trotz aller Erfahrung und allem bisher Erlebten, wobei alles Erfahren und Erleben menschlich eingeschränkt ist, trotz allem, sagten sie, es werde so sein. Unverbrüchlich blieben sie dabei. Unerschütterlich war ihre Liebe und damit das Zutrauen zu Seinem Wort. Nein, Er hatte sie nicht enttäuscht und Er würde sie nicht enttäuschen, so dass Er es wahr werden lassen würde.

Nachdem Er den Tod hinter sich gelassen hatte, der doch erst der Anfang war, nachdem Er in die absolute Finsternis verwoben war, die doch noch nicht das Schlimmste war, nachdem Er die absolute Verlassenheit, den umfassendsten Schmerz durch die Abwesenheit des Wortes selbst durchlitten hatte, nach all dem hatte Er sich neu aufgerichtet, verwandelt, und doch in sich bleibend, verändert, und doch als Er Liebe und Wort seiend. Nichts konnte Sein innerstes Wesen verändern. Er war, Er war es noch immer, auch nach dieser ewigen Nacht der Verlassenheit, die Er betreten und wieder verlassen hatte, um es möglich zu machen, dass niemand mehr diese absolute Nacht zu erdulden hatte, nicht jetzt und niemals wieder.

Und als die Frauen an das Grab traten, da war es leer, und auch wenn sie menschlich dachten, dass es doch jemand gegeben haben musste, der Ihn weggebracht hatte, so war es doch ein Etwas in ihnen, das sie um die wahre Bedeutung wissen ließ. Und in dem Moment, da sie verstanden, da klarte der Himmel völlig auf, da trat die Sonne mit nie geahnter Kraft hervor, erfüllte die Welt mit Licht und Wärme, da Er selbst es war, der zu ihnen trat und sich zu erkennen gab. So wie Er es ihnen zugesagt hatte, so ward es, und eine nie gekannte Freude erfüllte sie, eine Freude, die tanzen und jubeln und singen lässt, die sich ausbreitet und verdichtet und einen zwingt sie weiter zu tragen, auch zu denen, die kleingläubig und verschreckt in ihrer Ecke sitzen. Selbst sie werden nicht alleine gelassen, denn Er wusste um ihre Kleingläubigkeit um die Enge ihres Herzens, doch Er nahm sie trotzdem ein in die Freude und in das Wiedersehen.

Ein neuer Morgen ward und ein neues Leben – und nie wieder würde es anders sein, nie wieder das Erleben sie verlassen, denn selbst der Tod ward keine Grenze mehr, und das Leben umfasste das Nichts und die Abwesenheit und die Verlorenheit. Alles ward eingenommen, so dass nichts mehr blieb, das die Liebe nicht nochmals umspannte, so dass die Absolutheit wegfiel, außer der der Liebe, die war und ist und sein wird, immerdar, bis zur Vollendung in Ewigkeit. An jenem neuen, strahlenden Morgen Seiner Auferstehung durften es die Menschen erfahren.

Weitere Bücher der Autorin:

Die Heilerin

Nastasja wird, als Hexe verschrien, fast das Opfer eines Anschlages, wäre da nicht Geri, der sie aus den Flammen rettet. Gemeinsam suchen sie sich eine neue Bleibe und finden diese in einer Hütte im Wald. Eines Tages finden sie Nathanael schwer verletzt neben seinem kaputten Auto. Nastasja gelingt es seine körperlichen Wunden zu heilen, doch da ist eine Krankheit, die viel tiefer sitzt. Als nun Nathanael von Unruhe getrieben in sein altes Leben zurück flieht und kurz darauf Nastasja überfallen wird, beschließt sie der Sache auf den Grund zu gehen und auch noch Nathanaels Geist zu heilen.

Ein packender Roman rund um die Abgründe des menschlichen Geistes, aber auch die Heilkräfte eines tätigen Miteinander und aktiven Verstehens.

ISBN-13: 978-1493548378
ISBN-10: 1493548379

Zwischen Dir und mir

Zwischen Dir
und mir

Geschichten von
Begegnungen

Daniela Noitz

Ich habe mich zurückgezogen, in meine Welt der Nacht. Hier erwarte ich Dich, und ob Du kommst oder nicht, hier erzähle ich Dir meine Geschichten – erzähle Dich mir. Hier erzählst Du mir Deine Geschichten – Du Dich mir. Hier erzähle ich Geschichten, reale und fiktive, erlebte und geträumte, erfundene und zugeflüsterte. Hier erzähle ich von all den Wundern der Nacht und des Lebens. In diesem Buch sind die besten Nachtgeschichten vereint. Geschichten über das Miteinander, über Dich und mich, über die Liebe und das Leben, aber auch über den Schmerz und das Leid, die Trauer und das Getrennt-Sein, über Abschied und Neubeginn.

ISBN-10: 1482310504
ISBN-13: 978-1482310503

Der Weg ist das Ziel ist der Weg – Eine Pilgerreise nach und durch Irland

Lange schon träumte ich davon, nach Irland zu reisen und das Land zu entdecken. Endlich bot sich die Gelegenheit zu einer Pilgerreise - und ich ergriff sie, ohne zu wissen was auf mich zukam, worauf ich mich einließ. Ich trat sie an, kehrte wieder zurück - aber ich war nicht mehr die, die ich zuvor war. Der Weg ist das Ziel ist der Weg - ist ein Erfahrungsbericht, einer, die auszog das Fremde zu erleben, um doch letztlich wieder auf sich selbst zurückgeworfen zu sein.

ISBN 978-3-7386-0775-8

Die Pianobar

Die Pianobar

Die Pianobar, Ort der Erinnerung, des Lebens, aber auch des Schmerzes und der Trennung. Anna findet ein Buch, ein handgeschriebenes Buch, in dem Ilse ihre Lebensgeschichte erzählt. Nachdem sie es gelesen haben, machen sie sich auf die Suche nach dem Partner von Ilse. Vielleicht kommt eine Versöhnung zustande, 20 Jahre danach.

ISBN 978-3-7347-6812-5

Anonym – Begegnungen (Kurzgeschichten)

Ein anonymer Brief kommt, dann ein zweiter. Es hat nichts Gutes zu bedeuten. Und dann geschieht ein Mord. Es kommt wie aus dem Nichts, scheinbar unmotiviert und bar jeder Sinnhaftigkeit. Erst, wenn man näher hinsieht, erkennt man die Verbindungen, die so fein sind wie Spinnenfäden. Immer wieder geht es um Begegnungen und deren Auswirkungen auf unser Leben, denn erst sie machen das Leben aus.

ISBN 978-3-7386-0856-4

Kinder weinen leise

Debora Maier lebt in ihren Geschichten. Bis zur Geburt ihrer Zwillinge Tristan und Isolde fügt sie sich noch relativ gut ein, d.h. sie funktioniert und als wenn sie nur auf diesen Moment gewartet hätte, kappt sie mit diesem Ereignis die letzten Stränge, die sie mit ihrer Umwelt verbindet, als wäre die Welt nur mehr sie und ihre Kinder. Nichts mehr scheint zu existieren, nicht einmal ihr Mann, der sich erhängt. Sie nimmt es nicht wahr, nur die Kinder, die sie mitnimmt in ihre Welt der Geschichten oder die sie eigentlich darin sozialisiert, bis der Wahnsinn sie gänzlich einnimmt und in den Sumpf treibt. Die Kinder werden weitergereicht an Tante und Onkel, doch mit dem Tod der Mutter wandelt sich der Blick Isoldes in eine Art Spiegel, der jedem, dem sie es zeigen will die Medusa zeigt und sie zwingt sich selbst zu richten. So geschieht es mit ihrer Tante und ihrem Onkel, danach mit den Eltern ihrer Pflegefamilie, wobei sie mittlerweile gelernt hat diese Gabe ganz bewusst einzusetzen. So landen die beiden letztlich im Waisenhaus einer Gemeinde, die sich als so etwas wie ein Staat im Staat zu etablieren vermochte, die nach strengsten sittlichen Regeln gestaltet ist, doch die Moral ist erweist sich als umso doppelbödiger desto rigider sie sich gebärdet. Hier ist nicht nur nichts wie es scheint, sondern vielmehr alles das was es nicht sein soll.

Mit Hilfe der ältesten Tochter ihrer Pflegefamilie Eva Gnom und ihrem Amt als Leiterin des Kinderheims, vermag sie die Gemeinde zu unterwandern und eigentlich unter ihre Führung zu bekommen. Der Gemeindevorstand selbst ist gebeutelt und paralysiert durch die angeblichen moralischen Verfehlungen seiner Söhne, die desto schwerwiegender sind, da sie sich quasi vor aller Augen abgespielt hatten. Einerseits gelingt es ihr die wirtschaftlich neuralgischen Punkte zu infiltrieren und andererseits durch geschickten Einsatz der ehemaligen Kinder des Heims, die sie sich hörig gemacht hat. Doch auch die Gegenkräfte beginnen zu arbeiten. Während Eva und Isolde ihre Usurpationspläne verfolgen, hat sich Sarah Gnom, Evas jüngste Schwester abgesetzt und scharrt die Umsturzwilligen um sich. Tristan, Isoldes Bruder und ihr treu ergeben, verliebt sich in Nele, und diese Liebe befreit ihn aus den Fängern der Geschichte und seiner Schwester. Die Gemeinde wird durch die Enthüllungen und die umgreifende Unruhe aufgelöst, Isolde sieht sich selbst im Spiegel ihrer Augen und wird wahnsinnig, und Nele und Tristan, nunmehr Leiter des Kinderheims, das nun wieder menschliche Züge erhält, bekommen wiederum Zwillinge, und das Ende ist der weitere Anfang.

ISBN-13: 978-1493548378
ISBN-10: 1493548379

Niemand weiß wohin es ihn trägt: Fünf Hundeschicksale stellvertretend für das Leid Millionen anderer

Fünf Hundeschicksale werden erzählt, alltäglich und banal, denn so oder zumindest so ähnlich geschehen sie tagtäglich fast überall auf der Welt. Der Missbrauch, die Misshandlung oder die Verelendung von Hunden ist noch alltäglich, aber das muss es nicht bleiben. Fünf Schicksale, die vielleicht irgendwann nur mehr in Geschichten aus früheren Zeiten existieren - das wäre meine Hoffnung.

ISBN 9783739201030